LA

MÉROPE FRANÇAISE,

AVEC

QUELQUES PETITES PIECES DE LITTERATURE.

Hoc legite austeri, crimen amoris abest.

A PARIS,
Chez PRAULT Fils, Libraire, Quai de Conty, vis-à-vis la descente du Pont-Neuf, à la Charité.

M. DCC. XLIV.

Avec Approbation & Privilege du Roy.

AVIS AU LECTEUR.

L'EDITEUR de la Mérope, & de quelques petits ouvrages de littérature qui l'accompagnent, avertit qu'on débite, ſous le nom de l'Auteur, beaucoup d'éditions auſquelles il n'a aucune part. Celles qui ſont imprimées ſous le titre d'Amſterdam, ſont très-incomplettes & très-fautives : celle qui paroît être imprimée à Genêve, eſt plus complette, mais elle fourmille de fautes. Il n'y a aucune de ces éditions dans laquelle on ne trouve des piéces entiérement défigurées, ou fauſſement attribuées à l'auteur. Il eſt abſolument néceſſaire que les Libraires, qui voudront faire enfin un bon recueil de ſes véritables ouvrages, s'adreſſent à lui,

& ne faſſent rien ſans ſon aveu ; faute de quoi leurs éditions ſeront décriées d'elles-mêmes.

APPROBATION.

J'AI lû par ordre de Monſeigneur le Chancelier un manuſcrit intitulé, MÉROPE, *Tragédie*, *&c.* Je n'y ai rien trouvé qui doive en empêcher l'impreſſion. A Paris, ce 8. Mars 1744. VATRY.

De l'Imprimerie de JOSEPH SAUGRAIN. 1744.

A

MONSIEUR LE MARQUIS SCIPION MAFFEI,

AUTEUR DE LA MEROPE ITALIENNE; & de beaucoup d'autres célébres Ouvrages.

ONSIEUR,

CEUX, dont les Italiens Modernes & les autres Peuples ont presque tout appris, les Grecs & les Romains, adressoient leurs Ouvrages, sans la vaine formule d'un compliment, à leurs amis & aux maîtres de l'art,

C'eſt à ces titres que je vous dois l'hommage de la Mérope Françaiſe.

Les Italiens, qui ont été les Reſtaurateurs de preſque tous les beaux arts, & les Inventeurs de quelques-uns, furent les premiers qui, ſous les yeux de Leon X, firent renaître la Tragédie ; & vous étes le premier, Monſieur, qui, dans ce ſiécle, où l'art des Sophocles commençoit à être amolli par des intrigues d'amour, ſouvent étrangeres au ſujet, ou avili par d'indignes bouffonneries qui deshonnoroient le goût de votre ingénieuſe Nation ; vous étes le premier, dis-je, qui avez eu le courage & le talent de donner une Tragédie ſans galanterie, une Tragédie digne des beaux jours d'Athenes, dans laquelle l'amour d'une mere fait tout l'intrigue, & où le plus tendre intérêt naît de la vertu la plus pure.

La France ſe glorifie d'Athalie : c'eſt le chef-d'œuvre de notre Téatre ; c'eſt celui de la Poëſie ; c'eſt de toutes les Piéces qu'on joue, la ſeule où l'amour ne ſoit pas introduit : mais auſſi elle eſt ſoutenue par la pompe de la Religion, & par cette majeſté de l'éloquence des Prophêtes.

Vous n'avez point eu cette reſſource, & cependant vous avez fourni cette longue carriere de cinq Actes, qui eſt ſi prodigieuſement difficile à remplir ſans épiſodes.

J'avoue que votre ſujet me paroît beaucoup plus intéressant & plus tragique que celui d'Athalie; & si notre admirable Racine a mis plus d'art de Poësie & de grandeur dans son chef-d'œuvre, je ne doute pas que le vôtre n'ait fait couler beaucoup plus de larmes.

Le Précepteur d'Alexandre, Aristote, cet esprit si étendu, si juste & si éclairé dans les choses qui étoient alors à la portée de l'esprit humain, Aristote, dans sa Poëtique immortelle, ne balance pas à dire que la reconnoissance de Mérope & de son fils, étoit le moment le plus intéressant de toute la Scene Grecque. Il donnoit à ce coup de Téatre la préférence sur tous les autres. Plutarque dit que les Grecs, ce Peuple si sensible, frémissoient de crainte que le Vieillard, qui devoit arrêter le bras de Mérope, n'arrivât pas assez tôt. Cette Piéce, qu'on jouoit de son tems, & dont il nous reste très peu de fragmens, lui paroissoit la plus touchante de toutes les Tragédies d'Euripide; mais ce n'étoit pas seulement le choix du sujet qui fit le grand succès d'Euripide, quoi qu'en tout genre le choix soit beaucoup.

Il a été traité plusieurs fois en France; mais sans succès; peut-être les Auteurs voulurent charger ce sujet si simple, d'ornemens étrangers. C'étoit la Vénus toute nue de Praxitele qu'ils cherchoient à couvrir de clinquant. Il faut toujours beaucoup de tems aux hommes, pour leur apprendre qu'en tout ce qui eſt grand, on doit revenir au naturel & au ſimple.

En 1641, lorſque le Téatre commençoit à fleurir en France, & à s'élever même fort au-deſſus de celui de la Gréce, par le génie de P. Corneille, le Cardinal de Richelieu, qui recherchoit toute ſorte de gloire, & qui avoit fait bâtir la Salle des Spectacles du Palais Royal, pour y repréſenter des Piéces dont il avoit fourni le deſſein, y fit jouer une Mérope ſous le nom de Telefonte ; le plan eſt, à ce qu'on croit, entiérement de lui. Il y avoit une centaine de vers de ſa façon; le reſte étoit de Colletet, de Bois-Robert, de Deſmarets & de Chapelain ; mais toute la puiſſance du Cardinal de Richelieu ne pouvoit donner à ces Ecrivains le génie qui leur manquoit. Il n'avoit peut-être pas lui-même celui du Téatre, quoiqu'il en eût le goût; & tout ce qu'il pouvoit & devoit faire, c'étoit d'encourager le grand Corneille.

Monſieur Gilbert, Réſident de la célébre Reine Chriſtine, donna en 1643, ſa Mérope, aujourd'hui non moins inconnue que l'autre. Jean de la Chapelle, de l'Académie Françaiſe, Auteur d'une Cléopatre, jouée avec quelque ſuccès, fit repréſenter ſa Mé-

Pope en 1683. Il ne manqua pas de remplir sa Piéce d'une épisode d'amour. Il se plaint d'ailleurs dans sa Préface de ce qu'on lui reprochoit trop de merveilleux. Il se trompoit; ce n'étoit pas ce merveilleux qui avoit fait tomber son Ouvrage ; c'étoit en effet le défaut de génie, & la froideur de la versification : car voilà le grand point, voilà le vice capital qui fait périr tant de Poëmes. L'art d'être éloquent en Vers, est de tous les arts le plus difficile & le plus rare. On trouvera mille génies qui sçauront aranger un Ouvrage, & le versifier d'une maniere commune ; mais le traiter en vrai Poëte,
n talent qui est donné à trois ou quatre
es sur la Terre.

mois de Décembre 1701. M. de la
fit jouer son Amasis, qui n'est au-
se que le sujet de Mérope, sous d'au-
ms : la galanterie régne aussi dans cet-
e, & il y a beaucoup plus d'incidens
lleux que dans celle de la Chapelle ;
ussi elle est conduite avec plus d'art,
génie, plus d'intérêt, elle est écrite
lus de chaleur & de force ; cependant
'eut pas d'abord un succès éclatant,
nt sua fata libelli. Mais depuis elle a
ouée avec de très-grands applaudisse-
& c'est une des Piéces dont la repré-
on a fait le plus de plaisir au Public.

Avant & après Amasis, nous avons eu beaucoup de Tragédies sur des sujets à peu près semblables, dans lesquels une mere va venger la mort de son fils sur son propre fils même, & le reconnoît dans l'instant qu'elle va le tuer. Nous étions même accoutumés à voir sur notre Téatre cette situation frapante, mais rarement vraisemblable, dans laquelle un personnage vient, un poignard à la main, pour tuer son ennemi, tandis qu'un autre personnage arrive dans l'instant même, & lui arrache le poignard. Ce coup de Téatre avoit fait réussir, du moins pour un tems, le Camma de Thomas Corneille.

Mais, de toutes les Piéces dont je vous parle, il n'y en a aucune qui ne soit chargée d'une petite épisode d'amour, ou plûtôt de galanterie; car il faut que tout se plie au goût dominant: & ne croyez pas, Monsieur, que cette malheureuse coutume, d'accabler nos Tragédies d'une épisode inutile de galanterie, soit dûe à Racine, comme on le lui reproche en Italie. C'est lui, au contraire, qui a fait ce qu'il a pû pour réformer, en cela, le goût de la Nation. Jamais chez lui la passion de l'amour n'est épisodique; elle est le fondement de toutes ses Piéces; elle en forme le principal intérêt; c'est la passion la plus téatrale de toutes, la plus fertile en sentimens, la plus variée: elle doit être l'ame d'un Ouvrage de Téatre, ou en être entiérement bannie. Si l'amour n'est pas tragique, il est insipide ; & s'il est tragique, il doit régner seul. Il n'est pas fait pour la seconde place. C'est Rotrou, c'est le grand Corneille même, il le faut avouer, qui, en créant notre Téatre, l'ont presque toujours défiguré par ces amours de commande, par ces intrigues galantes, qui n'étant point de vraies passions, ne sont point dignes du Téatre ; & si vous demandez pourquoi on joue si peu de Piéces de Pierre Corneille, n'en cherchez point ailleurs la raison ; c'est que dans la Tragédie d'Othon,

Othon à la Princesse a fait un compliment,
Plus en homme d'esprit qu'en véritable amant.
Il suivoit pas à pas un effort de mémoire,
Qu'il étoit plus aisé d'admirer que de croire.
Camille sembloit même assez de cet avis ;
Elle auroit mieux gouté des discours moins suivis.
Dis-moi donc, lorsqu'Othon s'est offert à Camille,
A-t'il été content ? A-t'elle été facile ?

C'est que dans Pompée, l'inutile Cléopatre dit que César

Lui trace des soupirs, & d'un stile plaintif,
Dans son Champ de Victoire, il se dit son captif.

C'est que César demande à Antoine

S'il a vû cette Reine adorable.

Et qu'Antoine répond :

> Oui, Seigneur, je l'ai vûe, elle eſt incomparable.

C'eſt que dans Sertorius, le vieux Sertorius même eſt amoureux à la fois par politique & par goût, & dit :

> J'aime ailleurs, à mon âge il ſied mal d'aimer,
> Que je le cache même à qui m'a ſçû charmer,
> Et que d'un front ridé les replis jauniſſans
> Ne ſont pas un grand charme à captiver les ſens.

C'eſt que dans Oedipe, Théſée débute par dire à Dircé :

> Quelque ravage affreux qu'étale ici la peſte,
> L'abſence aux vrais amans eſt encor plus funeſte.

Enfin, c'eſt que jamais un tel amour ne fait verſer de larmes ; & quand l'amour n'émeut pas, il refroidit.

Je ne vous dis ici, Monſieur, que ce que tous les connoiſſeurs, les véritables gens de goût ſe diſent tous les jours en converſation, ce que vous avez entendu pluſieurs fois chez moi ; enfin ce qu'on penſe, & ce que perſonne n'oſe encore imprimer. Car vous ſçavez comment les hommes ſont faits ; ils écrivent preſque tous contre leur propre ſentiment, de peur de choquer le préjugé reçu.

Pour moi, qui n'ai jamais mis dans la litterature aucune politique, je vous dis hardiment la vérité, & j'ajoute que je reſpecte plus Corneille, & que je connois mieux le grand mérite de ce pere de Téatre, que ceux qui le louent au hazard de ses défauts.

On a donné une Mérope sur le Téatre de Londres en 1731. Qui croiroit qu'une intrigue d'amour y entrât encore ? Mais depuis le régne de Charles II. l'amour s'étoit emparé du Téatre d'Angleterre ; & il faut avouer qu'il n'y a point de Nation au monde qui ait peint si mal cette passion.

L'amour ridiculement amené & traité de même, est encore le défaut le moins monstrueux de la Mérope Anglaise. Le jeune Egiste, tiré de sa prison par une fille d'honneur amoureuse de lui, est conduit devant la Reine qui lui présente une coupe de poison & un poignard, & qui lui dit : si tu n'avales le poison, ce poignard va servir à tuer ta maîtresse. Le jeune homme boit, & on l'emporte mourant. Il revient au cinquiéme Acte annoncer froidement à Mérope, qu'il est son fils, & qu'il a tué le Tyran. Mérope lui demande comment ce miracle s'est operé ? Une amie de la fille d'honneur, répond-il, avoit mis du jus de pavot, au lieu de poison, dans la coupe. Je n'étois qu'endormi, quand on m'a crû mort : j'ai appris, en m'éveillant, que j'étois votre fils, & sur le champ j'ai tué le Tyran. Ainsi finit la Tragédie.

Elle fut sans doute mal reçue : mais n'est-il pas bien étrange qu'on l'ait repréſentée ? N'eſt-ce pas une preuve que le Téatre Anglais n'eſt pas encore épuré ? Il ſemble que la même cauſe qui prive les Anglais du génie de la Peinture, & de la Muſique, leur ôte auſſi celui de la Tragédie. Cette Iſle, qui a produit les plus grands Philoſophes de la terre, n'eſt pas auſſi fertile pour les beaux arts ; & ſi les Anglais ne s'appliquent ſérieuſement à ſuivre les préceptes de leurs excellens citoyens Adiſſon & Pope, ils n'approcheront pas des autres Peuples en fait de goût & de litterature.

Mais tandis que le ſujet de Mérope étoit ainſi défiguré dans une partie de l'Europe, il y avoit long-tems qu'il étoit traité en Italie ſelon le goût des Anciens.

Dans ce ſeiziéme Siécle, qui ſera fameux dans tous les Siécles, le Comte de Torelli avoit donné ſa Mérope avec des Chœurs. Il paroît que ſi M. de la Chapelle a outré tous les défauts du Téatre Français, qui ſont, l'air romaneſque, l'amour inutile, & les épiſodes ; & ſi l'Auteur Anglais a pouſſé à l'excès la barbarie, l'indécence & l'abſurdité, l'Auteur Italien avoit outré les défauts des Grecs, qui ſont le vuide d'action, & la déclamation. Enfin, Monſieur, vous avez évité tous ces écueils, vous qui avez donné à vos compatriotes des modéles en plus d'un genre ; vous leur avez donné dans votre Mérope l'exemple d'une Tragédie ſimple & intéreſſante.

J'en fus ſaiſi dès que je la lus : mon amour pour ma Patrie ne m'a jamais fermé les yeux ſur le mérite des Etrangers ; au contraire, plus je ſuis bon citoyen, plus je cherche à enrichir mon pays des tréſors qui ne ſont point nés dans ſon ſein.

Mon envie de traduire votre Mérope redoubla lorſque j'eus l'honneur de vous connoître à Paris en 1733. Je m'apperçus qu'en aimant l'Auteur, je me ſentois encore plus d'inclination pour l'ouvrage ; mais quand je voulus y travailler, je vis qu'il étoit abſolument impoſſible de la faire paſſer ſur notre Téatre Français. Notre délicateſſe eſt devenue exceſſive : nous ſommes peut-être des Sibarites plongés dans le luxe, qui ne pouvons ſupporter cet air naïf & ruſtique, ces détails de la vie champêtre que vous avez imités du Téatre Grec.

Je craindrois qu'on ne ſouffrît pas chez nous le jeune Egiſte faiſant préſent de ſon anneau à celui qui l'arrête, & qui s'empare de cette bague. Je n'oſerois hazarder de faire prendre un Héros pour un voleur, quoique la circonſtance où il ſe trouve, autoriſe cette mépriſe.

Nos uſages, qui probablement permettent tant de choſes que les vôtres n'admettent point, nous empêcheroient de repréſenter le Tyran de Mérope, l'aſſaſſin de ſon époux & de ſes fils, feignant d'avoir, après quinze ans, de l'amour pour cette Reine; & même je n'oſerois pas faire dire par Mérope au Tyran: *Pourquoi donc ne m'avez-vous pas parlé d'amour auparavant, dans le tems que la fleur de la jeuneſſe ornoit encore mon viſage?* Ces entretiens ſont naturels, mais notre Parterre, quelquefois ſi indulgent, & d'autres fois ſi délicat, pourroit les trouver trop familiers, & voir même de la coqueterie où il n'y a au fond que de la raiſon.

Notre Téatre Français ne ſouffriroit pas non plus que Mérope fît lier ſon fils ſur la Scene à une colonne, ni qu'elle courût ſur lui deux fois, le javelot & la hâche à la main, ni que le jeune homme s'enfuît deux fois devant elle, en demandant la vie à ſon Tyran.

Nos uſages permettroient encore moins que la confidente de Mérope engageât le jeune Egiſte à dormir ſur la Scene, afin de donner le tems à la Reine de venir l'y aſſaſſiner. Ce n'eſt pas, encore une fois, que tout cela ne ſoit dans la nature; mais il faut que vous pardonniez à notre Nation, qui exige que la nature ſoit toujours préſentée avec certains traits de l'art; & ces traits ſont bien différens à Paris & en Italie

Pour donner une idée ſenſible de ces différences, que le génie des Nations cultivées met entre les mêmes arts, permettez-moi, Monſieur, de vous rappeller ici quelques traits de votre célébre Ouvrage, qui me paroiſſent dictés par la pure nature.

Celui qui arrête le jeune Cresfonte, & qui lui prend ſa bague, lui dit :

Or dunque in tuo paeſe i servi
Han di Coteſte gemme? Un bel paeſe
Fia queſto tuo; nel noſtro una tal gemma
Ad un dito real non Sconverreble.

Je vais prendre la liberté de traduire cet endroit en Vers blancs, comme votre Piéce eſt écrite, parce que le tems qui me preſſe, ne me permet pas le long travail qu'exige la rime.

» Les eſclaves chez vous portent de tels Joyaux!
» Votre Pays doit être un beau Pays, ſans doute;
» Chez nous de tels anneaux ornent la main des
» Rois.

Le confident du Tyran lui dit, en parlant de la Reine qui refuſe d'épouſer, après vingt ans, l'aſſaſſin reconnu de ſa famille :

La donna, comme ſai, ricuſa e brama.

La femme, comme on ſçait, nous refuſe & déſire.

La Suivante de la Reine répond au Tyran, qui la preſſe de diſpoſer ſa Maîtreſſe au mariage :

. . . . Dissimulato in vano
S'offre di febre assalto. alquanti giorni
Donare è forza a rinfrancar suoi spiriti.
On ne peut vous cacher que la Reine a la fiévre;
Accordez quelque tems pour lui rendre ses forces.

Dans votre quatriéme Acte le Vieillard Polidore demande à un homme de la Cour de Mérope, qui il est. Je suis Eurises le fils de Nicandre, répond-il. Polidore alors, en parlant de Nicandre, s'exprime comme le Nestor d'Homere.

. . . . Egli era umano
E liberal, quando appariva, tutti
Facceangli onor io mi ricordo ancora
Di quanto eï festeggio con bella pompa
Le sue nozze con Silvia, ch' era figlia
D'Olimpia & di Glicon fratel d'Ipparco.
Tu dunque sei quel Fanciullin che in Corte
Silvia condur solea quasi per pompa
Par mi l'altri hieri; o quanto Siete pressi,
Quanto voi vaffretate o giovinetti
A farvi adulti & à gridar tacendo
Chi noi diam loco.
» Oh! Qu'il étoit humain! Qu'il étoit libéral!
» Que, dès qu'il paroissoit, on lui faisoit d'hon»
» neurs!
» Je me souviens encor du festin qu'il donna,
» De tout cet appareil, alors qu'il épousa
» La fille de Glicon, & de cette Olimpie,

» La belle-sœur d'Hipparque. Eurises, c'est donc
» vous?
» Vous, cet aimable enfant, que si souvent Silvie
» Se faisoit un plaisir de conduire à la Cour?
» Je croi que c'est hier. Oh, que vous êtes prompte!
» Que vous croissez, jeunesse! Et que dans vos
» beaux jours,
» Vous nous avertissez de vous céder la place.

Et dans un autre endroit, le même Vieillard, invité d'aller voir la cérémonie du mariage de la Reine, répond :

. . . . Oh curioso
Punto i non son, passo stagione. Assai
Veduti ho sacrificii; io mi ricordo
Di questo ancora quando il Re Cresfonte
Encommenciò a regnar. Quella fu pompa.
Ora più non si fanno a questi tempi
Di cotai sacrifici piu di cento
Fur le bestie svenate. I Sacerdoti
Risplendean tutti, ed ove ti volgessi
Altro non si vedea che argento ed oro.

. . . . Je suis sans curiosité.
» Le tems en est passé, mes yeux ont assez vû
» De ces apprêts d'Himen & de ces Sacrifices.
» Je me souviens encor de cette pompe auguste,
» Qui jadis en ces lieux marqua les premiers jours
» Du Régne de Cresfonte. Ah! le grand appareil!
» Il n'est plus aujourd'hui de semblables spectacles.
» Plus de cent animaux y furent immolés :

» Tous les Prêtres brilloient, & les yeux éblouis
» Voyoient l'argent & l'or par-tout étinceler.

Tous ces traits sont naifs : tout y est convenable à ceux que vous introduisez sur la Scene, & aux mœurs que vous leur donnez. Ces familiarités naturelles eussent été, à ce que je croi, bien reçûes dans Athenes ; mais Paris, & notre Parterre, veulent une autre espéce de simplicité. Notre Ville pourroit même se vanter d'avoir un goût plus cultivé qu'on ne l'avoit dans Athenes ; car enfin, il me semble qu'on ne représentoit, d'ordinaire, des Piéces de Téatre dans cette premiere Ville de la Gréce, que dans quatre Fêtes solemnelles, & Paris a plus d'un spectacle tous les jours de l'année. On ne comptoit dans Athenes que dix mille Citoyens, & notre Ville est peuplée de près de huit cens mille Habitans, parmi lesquels je croi qu'on peut compter trente mille Juges des Ouvrages Dramatiques.

Vous avez pû, dans votre Tragédie, traduire cette élégante & simple comparaison de Virgile :

Qualis populeâ mœrens Philomela sub umbrâ,
Amissos queritur fœtus.

Si je prenois une telle liberté, on me renverroit au Poëme Epique, tant nous avons affaire à un maître dur, qui est le Public.

Nescis, heu nescis nostræ fastidia Romæ :
Et pueri nasum Rhinocerontis habent.

Les

Les Anglais ont la coutume de finir presque tous leurs Actes par une comparaison : mais nous exigeons dans une Tragédie, que ce soit les Héros qui parlent, & non le Poëte ; & notre Public pense que dans une grande crise d'affaires, dans un conseil, dans une passion violente, dans un danger pressant, les Princes, les Ministres ne font point de comparaisons poëtiques.

Comment pourrois-je encore faire parler souvent ensemble des Personnages subalternes ? Ils servent chez vous à préparer des Scenes intéressantes entre les principaux Acteurs ; ce sont les avenues d'un beau Palais : mais notre Public impatient veut entrer tout d'un coup dans le Palais. Il faut donc se plier au goût d'une Nation d'autant plus difficile, qu'elle est, depuis long-tems, rassasiée de chef-d'œuvres.

Cependant, parmi tant de détails que notre extrême sévérité réprouve, combien de beautés je regrettois ! Combien me plaisoit la simple nature, quoique sous une forme étrangere pour nous ! Je vous rens compte, Monsieur, d'une partie des raisons qui m'ont empêché de vous suivre, en vous admirant.

Je fus obligé, à regret, d'écrire une Mérope nouvelle : je l'ai donc faite différemment ; mais je suis bien loin de croire l'avoir mieux faite. Je me regarde avec vous comme un voyageur, à qui un Roi d'Orient auroit fait présent des plus riches étoffes : ce Roi devroit permettre que le voyageur s'en fît habiller à la mode de son pays.

Ma Mérope fut achevée au commencement de 1736, à peu près telle qu'elle est aujourd'hui. D'autres études m'empêcherent de la donner au Téatre ; mais la raison qui m'en éloignoit le plus, étoit la crainte de la faire paroître après d'autres Piéces heureuses, dans lesquelles on avoit vû, depuis peu, le même sujet sous des noms différens.

Enfin j'ai hazardé ma Tragédie, & notre Nation a fait connoître qu'elle ne dédaignoit pas de voir la même matiere différemment traitée. Il est arrivé à notre Téatre ce qu'on voit tous les jours dans une galerie de peinture, où plusieurs tableaux représentent le même sujet. Les Connoisseurs se plaisent à remarquer les diverses manieres ; chacun saisit, selon son goût, le caractère de chaque Peintre ; c'est une espéce de concours qui sert, à la fois, à perfectionner l'art, & à augmenter les lumieres du Public.

Si la Mérope Française a eu le même succès que la Mérope Italienne, c'est à vous, Monsieur, que je le dois ; c'est à cette simplicité dont j'ai toujours été idolâtre, qui, dans votre ouvrage, m'a servi de modéle. Si j'ai marché dans une route différente, vous m'y avez toujours servi de guide.

J'aurois ſouhaité pouvoir, à l'exemple des Italiens & des Anglais, employer l'heureuſe facilité des Vers blancs ; & je me ſuis ſouvenu plus d'une fois de ce paſſage du Ruccelaï.

Tu ſai pur che l'imagin' de la voce
Che riſponde da i ſaſſi, dove l'Echo Alberga,
Sempre nemica fu del notro regno
E fu invintrice delle prime rime.

Mais je me ſuis apperçu, & j'ai dit, il y a long-tems, qu'une telle tentative n'auroit jamais de ſuccès en France, & qu'il y auroit beaucoup plus de foibleſſe que de force, à éluder un joug qu'ont porté les Auteurs de tant d'ouvrages qui dureront autant que la Nation Françaiſe.

Notre Poëſie n'a aucune des libertés de la vôtre ; & c'eſt peut-être une des raiſons pour leſquelles les Italiens nous ont précedé de plus de trois Siécles dans cet art ſi aimable & ſi difficile.

Je voudrois, Monſieur, pouvoir vous ſuivre dans vos autres connoiſſances, comme j'ai eu le bonheur de vous imiter dans la Tragédie.

Que n'ai-je pû me former ſur votre goût dans la ſcience de l'Hiſtoire, non pas dans cette ſcience vague & ſtérile des faits & des dattes, qui ſe borne à ſçavoir en quel tems mourut un homme inutile ou funeſte au monde ; ſcience uniquement de Dictionnaire, qui chargeroit la mémoire sans éclairer l'esprit.

Je veux parler de cette Histoire de l'esprit humain, qui apprend à connoître les mœurs; qui nous trace, de faute en faute, & de préjugé en préjugé, les effets des passions des hommes; qui nous fait voir ce que l'ignorance, ou un sçavoir mal entendu, ont causé de maux; & qui suit sur-tout le fil du progrès des Arts, à travers ce choc effroyable de tant de Puissances, & ce bouleversement de tant d'Empires.

C'est par là que l'Histoire m'est précieuse; & elle me le devient davantage par la place que vous tiendrez parmi ceux qui ont donné de nouveaux plaisirs, & de nouvelles lumieres aux hommes. La Postérité apprendra avec émulation, que votre Patrie vous a rendu les honneurs les plus rares, & que Vérone vous a élevé une Statue, avec cette inscription, AU MARQUIS SCIPION MAFFEI, VIVANT; inscription aussi belle, en son genre, que celle qu'on lit à Montpellier; *A Louis XIV. après sa mort.*

Daignez ajouter, Monsieur, aux hommages de vos concitoyens, celui d'un étranger, que sa respectueuse estime vous attache autant que s'il étoit né à Vérone.

MÉROPE,

TRAGÉDIE.

ACTEURS.

MÉROPE.

EGISTE.

POLIFONTE.

NARBAS.

EURICLÉS.

ÉROX.

ISMENIE.

La Scene est à Messene, dans le Palais de Mérope.

MÉROPE,

TRAGÉDIE.

ACTE PREMIER.

SCENE PREMIERE.

MÉROPE, ISMENIE.

ISMENIE.

RANDE Reine, écartez ces horribles images;
Goûtez des jours serains nés du sein des orages.
Les Dieux nous ont donné la victoire, & la paix:
Ainsi que leur courroux, ressentez leurs bienfaits.
Messene, après quinze ans de guerres intestines,
Leve un front moins timide, & sort de ses ruines.
Vos yeux ne verront plus tous ces Chefs ennemis,
Divisés d'intérêts, & pour le crime unis,
Par les saccagemens, le sang & le ravage,
Du meilleur de nos Rois disputer l'héritage.

Nos Chefs, nos Citoyens, rassemblés sous vos yeux,
Les organes des Loix, les Ministres des Dieux,
Vont, libres dans leur choix, décerner la Couronne :
Sans doute elle est à vous, si la vertu la donne ;
Vous seule avez sur nous d'irrévocables droits,
Vous, veuve de Cresfonte, & fille de nos Rois ;
Vous, que tant de constance, & quinze ans de misere,
Font encor plus auguste, & nous rendent plus chere ;
Vous, pour qui tous les cœurs en secret réunis.

MEROPE.

Quoi ! Narbas ne vient point ! Reverrai-je mon fils ?

ISMENIE

Vous pouvez l'espérer ; déja, d'un pas rapide,
Vos esclaves, en foule, ont couru dans l'Elide ;
La paix a de l'Elide ouvert tous les chemins ;
Vous avez mis sans doute en de fidéles mains,
Ce dépôt si sacré, l'objet de tant d'alarmes.

MEROPE.

Me rendrez-vous mon fils, Dieux témoins de mes larmes ?
Egiste est-il vivant ? Avez-vous conservé
Cet enfant malheureux, le seul que j'ai sauvé ?
Ecartez loin de lui la main de l'homicide ;
C'est votre fils, hélas ! c'est le pur sang d'Alcide.
Abandonnerez-vous ce reste précieux
Du plus juste des Rois, & du plus grand des Dieux,
L'image de l'époux, dont j'adore la cendre ?

ISMENIE.

Mais quoi ! cet intérêt, & si juste, & si tendre,
De tout autre intérêt peut-il vous détourner ?

MEROPE

Je suis mere, & tu peux encor t'en étonner ?

ISMENIE.

Du sang dont vous sortez, l'auguste caractere
Sera-t-il effacé par cet amour de mere ?
Son enfance étoit chere à vos yeux éplorés,
Mais vous avez peu vû ce fils que vous pleurez.

MÉROPE.

Mon cœur a vû toujours ce fils que je regrette ;
Ses périls nourissoient ma tendresse inquiette.
Un si juste intérêt s'accrut avec le tems.
Un mot seul de Narbas, depuis plus de quatre ans,
Vint dans la solitude, où j'étois retenue,
Porter un nouveau trouble à mon ame éperdue.
Egiste, écrivoit-il, mérite un meilleur sort ;
Il est digne de vous, & des Dieux dont il sort :
En butte à tous les maux, sa vertu les surmonte :
Espérez tout de lui, mais craignez Polifonte.

ISMÉNIE.

De Polifonte au moins prévenez les desseins ;
Laissez passer l'Empire en vos augustes mains.

MÉROPE.

L'Empire est à mon fils ; périsse la marâtre,
Périsse le cœur dur, de soi-même idolâtre,
Qui peut goûter en paix, dans le suprême rang,
Le barbare plaisir d'hériter de son sang.
Si je n'ai plus de fils, que m'importe un Empire ?
Que m'importe ce Ciel, ce jour que je respire ?
Je dûs y renoncer, alors que dans ces lieux
Mon époux fut trahi des mortels & des Dieux.
O perfidie ! ô crime ! ô jour fatal au monde !
O mort, toujours présente à ma douleur profonde !
J'entens encor ces voix, ces lamentables cris,
Ces cris » Sauvez le Roi, son épouse & ses fils.
Je vois ces murs sanglans, ces portes embrasées,
Sous ces lambris fumants ces femmes écrasées,
Ces esclaves fuyants, le tumulte, l'effroi,
Les armes, les flambeaux, la mort autour de moi.
Là, nageant dans son sang, & souillé de poussiere,
Tournant encor vers moi sa mourante paupiere,
Cresfonte, en expirant, me serra dans ses bras.
Là, deux fils malheureux, condamnés au trépas,
Tendres & premiers fruits d'une union si chere,
Sanglants, & renversés sur le sein de leur pere,

A peine ſoulevoient leurs innocentes mains.
Hélas ! ils m'imploroient contre leurs aſſaſſins.
Egiſte échappa ſeul ; un Dieu prit ſa défenſe.
Veille ſur lui, grand Dieu, qui ſauvas ſon enfance ;
Qu'il vienne ; que Narbas le ramene à mes yeux,
Du fond de ſes déſerts au rang de ſes ayeux.
J'ai ſupporté quinze ans mes fers & ſon abſence ;
Qu'il regne au lieu de moi, voilà ma récompenſe.

SCENE II.

MÉROPE, ISMENIE, EURICLÈS.

MÉROPE.

EH bien ! Narbas, mon fils ?

EURICLÈS.

Vous me voyez confus ;
Tant de pas, tant de ſoins ont été ſuperflus.
On a couru, Madame, aux rives du Penée,
Dans les champs d'Olimpie, aux murs de Salmonée ;
Narbas eſt inconnu ; le ſort, dans ces climats,
Dérobe à tous les yeux la trace de ſes pas.

MÉROPE.

Hélas ! Narbas n'eſt plus ; j'ai tout perdu, ſans doute.

ISMENIE.

Vous croyez tous les maux que votre ame redoute ;
Peut être, ſur les bruits de cette heureuſe paix,
Narbas ramene un fils ſi cher à nos ſouhaits.

EURICLÈS.

Peut-être ſa tendreſſe, éclairée & diſcrete,
A caché ſon voyage, ainſi que ſa retraite :
Il veille ſur Egiſte, il craint ces aſſaſſins
Qui, du Roi votre époux, ont tranché les deſtins.
De leurs affreux complots il faut tromper la rage.
Autant que je l'ai pû, j'aſſure ſon paſſage ;

Et j'ai sur ces chemins de carnage abreuvés,
Des yeux toujours ouverts, & des bras éprouvés.

ME'ROPE.

Dans ta fidélité j'ai mis ma confiance.

EURICLE'S.

Hélas! que peut pour vous ma triste vigilance?
On va donner son trône; en vain ma foible voix,
Du sang qui le fit naître a fait parler les droits.
L'injustice triomphe; & ce Peuple, à sa honte,
Au mépris de nos loix, panche vers Polifonte.

ME'ROPE.

Et le sort jusques-là pourroit nous avilir?
Mon fils, dans ses Etats reviendroit pour servir?
Il verroit son sujet au rang de ses ancêtres?
Le sang de Jupiter auroit ici des maîtres?
Je n'ai donc plus d'amis? Le nom de mon époux,
Insensibles sujets, a donc péri pour vous?
Vous avez oublié ses bienfaits & sa gloire.

EURICLE'S.

Le nom de votre époux est cher à leur mémoire;
On regrette Cresfonte, on le pleure, on vous plaint;
Mais la force l'emporte, & Polifonte est craint.

ME'ROPE.

Ainsi donc, par mon Peuple en tout tems accablée,
Je verrai la justice à la brigue immolée;
Et le vil intérêt, cet arbitre du sort,
Vend toujours le plus foible aux crimes du plus fort.
Allons, & rallumons dans ces ames timides,
Ces regrets mal éteints du sang des Héraclides:
Flattons leur espérance, excitons leur amour;
Parlez, & de leur maître annoncez le retour.

EURICLE'S.

Je n'ai que trop parlé; Polifonte en alarmes,
Craint déja votre fils, & redoute vos larmes.
La fiere ambition, dont il est dévoré,
Est inquiéte, ardente, & n'a rien de sacré.

S'il chassa les brigands de Pilos, & d'Amphrise;
S'il a sauvé Messene, il croit l'avoir conquise,
Il agit pour lui seul, il veut tout asservir,
Il touche à la Couronne; &, pour mieux la ravir,
Il n'est point de rempart que sa main ne renverse,
De loix qu'il ne corrompe, & de sang qu'il ne verse;
Ceux, dont la main cruelle égorgea votre époux,
Peut-être ne sont pas plus à craindre pour vous.

MÉROPE.

Quoi! Par-tout sous mes pas le sort creuse un abîme!
Je vois autour de moi, le danger & le crime!
Polifonte, un sujet de qui les attentats.

EURICLÈS.

Dissimulez, Madame, il porte ici ses pas.

SCENE III.

MÉROPE, POLIFONTE.

POLIFONTE.

Madame, il faut enfin que mon cœur se déploye;
Ce bras, qui vous servit, m'ouvre au trône une voye;
Et les Chefs de l'Etat, tout prêts de prononcer,
Me font, entre nous deux, l'honneur de balancer.
Des partis opposés, qui désoloient Messenes,
Qui versoient tant de sang, qui formoient tant de haines,
Il ne reste aujourd'hui que le vôtre & le mien.
Nous devons l'un à l'autre un mutuel soutien:
Nos ennemis communs, l'amour de la Patrie,
Le devoir, l'intérêt, la raison, tout nous lie:
Tout vous dit qu'un Guerrier, vengeur de votre époux,
S'il aspire à regner, peut aspirer à vous.
Je me connois; je sçai que, blanchi sous les armes,
Ce front triste & sévére a pour vous peu de charmes;

Je sçai que vos appas, encor dans leur printems,
Pourroient s'effaroucher de l'hiver de mes ans ;
Mais la raison d'Etat connoît peu ses caprices,
Et de ce front guerrier les nobles cicatrices
Ne peuvent se couvrir que du bandeau des Rois.
Je veux le sceptre & vous, pour prix de mes exploits.
N'en croyez pas, Madame, un orgueil téméraire :
Vous êtes, de nos Rois, & la fille, & la mere ;
Mais l'état veut un maître ; & vous devez songer
Que, pour garder vos droits, il les faut partager.

ME'ROPE.

Le Ciel, qui m'accabla du poids de sa disgrace,
Ne m'a point préparée à ce comble d'audace.
Sujet de mon époux, vous m'osez proposer
De trahir sa mémoire, & de vous épouser ?
Moi, j'irois, de mon fils, du seul bien qui me reste ;
Déchirer avec vous l'héritage funeste ?
Je mettrois en vos mains sa mere, & son état,
Et le bandeau des Rois sur le front d'un soldat ?

POLIFONTE.

Un soldat tel que moi peut justement prétendre
A gouverner l'Etat, quand il l'a sçû défendre.
Le premier qui fut Roi, fut un soldat heureux.
Qui sert bien son païs, n'a pas besoin d'ayeux.
Je n'ai plus rien du sang qui m'a donné la vie :
Ce sang est épuisé, versé pour la Patrie :
Ce sang coula pour vous ; &, malgré vos refus,
Je croi valoir au moins les Rois que j'ai vaincus ;
Et je n'offre, en un mot, à votre ame rébelle,
Que la moitié d'un trône où mon parti m'appelle.

ME'ROPE.

Un parti ! Vous, barbare, au mépris de nos loix !
Est-il d'autre parti que celui de vos Rois ?
Est-ce là cette foi, si pure & si sacrée,
Qu'à mon époux, à moi, votre bouche a jurée ?
La foi que vous devez à ces manes trahis,
A sa veuve éperdue, à son malheureux fils,

A ces dieux, dont il sort, & dont il tient l'Empire ?

POLIFONTE.

Il est encor douteux si votre fils respire ;
Mais quand du sein des morts il viendroit en ces lieux,
Redemander son trône à la face des Dieux ;
Ne vous y trompez pas, Messene veut un maître
Eprouvé par le tems, digne en effet de l'être ;
Un Roi qui la défende ; & j'ose me flatter
Que le vengeur du trône a seul droit d'y monter.
Egiste, jeune encor, & sans expérience,
Etaleroit en vain l'orgueil de sa naissance :
N'ayant rien fait pour nous, il n'a rien mérité.
D'un prix bien différent, ce trône est acheté.
Le droit de commander n'est plus un avantage.
Transmis par la nature, ainsi qu'un héritage,
C'est le fruit des travaux, & du sang répandu ;
C'est le prix du courage, & je croi qu'il m'est dû.
Souvenez-vous du jour où vous fûtes surprise
Par ces lâches brigands de Pilos, & d'Amphrise :
Revoyez votre époux, & vos fils malheureux,
Presque en votre présence, assassinés par eux :
Revoyez-moi, Madame, arrêtant leur furie,
Chassant vos ennemis, défendant la Patrie :
Voyez ces murs enfin par mon bras délivrés :
Songez que j'ai vengé l'époux que vous pleurez.
Voilà mes droits, Madame, & mon rang, & mon titre ;
La valeur fit ces droits, le Ciel en est l'arbitre.
Que votre fils revienne ; il apprendra, sous moi,
Les leçons de la gloire, & l'art de vivre en Roi :
Il verra si mon front soutiendra la Couronne.
Le sang d'Alcide est beau, mais n'a rien qui m'étonne.
Je recherche un honneur, & plus noble, & plus grand :
Je songe à ressembler au Dieu dont il descend :
En un mot, c'est à moi de défendre la mere,
Et de servir au fils, & d'exemple, & de pere.

MEROPE.

N'affectez point ici des soins si généreux,
Et cessez d'insulter à mon fils malheureux.
Si vous osez marcher sur les traces d'Alcide,
Rendez donc l'héritage au fils d'un Héraclide.
Ce Dieu, dont vous seriez l'injuste successeur,
Vengeur de tant d'Etats, n'en fut point ravisseur.
Imitez sa justice, ainsi que sa vaillance :
Défendez votre Roi, secourez l'innocence :
Découvrez, rendez-moi ce fils que j'ai perdu,
Et méritez sa mere à force de vertu :
Dans vos murs relevés, rappellez votre maître ;
Alors, jusques à vous, je descendrois, peut-être :
Je pourrois m'abaisser ; mais je ne peux jamais
Devenir la complice, & le prix des forfaits.

SCENE IV.

POLIFONTE, EROX.

EROX.

SEigneur, attendez-vous que son ame fléchisse ?
Ne pouvez-vous régner qu'au gré de son caprice ?
Vous avez sçû du trône applanir le chemin ;
Et, pour vous y placer, vous attendez sa main ?

POLIFONTE.

Entre ce trône & moi, je vois un précipice ;
Il faut que ma fortune y tombe, ou le franchisse.
Mérope attend Egiste ; & le peuple, aujourd'hui,
Si son fils reparoît, peut se tourner vers lui.
En vain, quand j'immolai son pere, & ses deux freres,
De ce trône sanglant je m'ouvris les barrieres :
En vain, dans ce Palais, où la sédition
Remplissoit tout d'horreur & de confusion,

Ma fortune a permis qu'un voile heureux & ſombre
Couvrît mes attentats du ſecret de ſon ombre :
En vain, du ſang des Rois, dont je fus l'oppreſſeur,
Les peuples abuſés m'ont crû le défenſeur.
Nous touchons au moment où mon ſort ſe décide :
S'il reſte un rejetton de la race d'Alcide ;
Si ce fils, tant pleuré dans Meſſene, eſt produit,
De quinze ans de travaux j'ai perdu tout le fruit.
Crois-moi, ces préjugés de ſang & de naiſſance
Revivront dans les cœurs, y prendront ſa défenſe :
Le ſouvenir du pere, & cent Rois pour ayeux,
Cet honneur prétendu d'être iſſu de nos Dieux,
Les cris, le déſeſpoir d'une mere éplorée,
Détruiront ma puiſſance encor mal aſſurée.
Egiſte eſt l'ennemi dont il faut triompher :
Jadis dans ſon berceau je voulus l'étouffer :
De Narbas, à mes yeux, l'adroite diligence,
Aux mains qui me ſervoient, arracha ſon enfance :
Narbas, depuis ce tems, errant loin de ces bords,
A bravé ma recherche, a trompé mes efforts.
J'arrêtai ſes courriers ; ma juſte prévoyance,
De Mérope & de lui, rompit l'intelligence.
Mais je connois le ſort ; il peut ſe démentir ;
De la nuit du ſilence un ſecret peut ſortir ;
Et des Dieux, quelquefois, la longue patience,
Fait, ſur nous, à pas lents, deſcendre la vengeance.

EROX.

Ah ! Livrez-vous, ſans crainte, à vos heureux deſtins :
La prudence eſt le Dieu qui veille à vos deſſeins :
Vos ordres ſont ſuivis : déja vos ſatellites,
D'Elide & de Meſſene occupent les limites.
Si Narbas reparoît ; ſi jamais, à leurs yeux,
Narbas raméne Egiſte, ils périſſent tous deux.

POLIFONTE.

Mais, me répons-tu bien de leur aveugle zéle ?

EROX.

Vous les avez guidés par une main fidéle :

Aucun d'eux ne connoît ce sang qui doit couler,
Ni le nom de ce Roi qu'ils doivent immoler.
Narbas leur est dépeint comme un traître, un transfuge,
Un criminel errant qui demande un refuge;
L'autre, comme un esclave & comme un meurtrier;
Qu'à la rigueur des loix il faut sacrifier.

POLIFONTE.

Eh bien, encor ce crime! Il m'est trop nécessaire;
Mais, en perdant le fils, j'ai besoin de la mere;
J'ai besoin d'un hymen, utile à ma grandeur,
Qui détourne de moi le nom d'usurpateur;
Qui fixe enfin les vœux de ce peuple infidele;
Qui m'apporte, pour dot, l'amour qu'on a pour elle.
Je lis au fond des cœurs; à peine ils sont à moi:
Echauffés par l'espoir, ou glacés par l'effroi,
L'intérêt me les donne; il les ravit de même.
Toi, dont le sort dépend de ma grandeur suprême;
Appui de mes projets, par tes soins dirigés,
Erox, vas réunir les esprits partagés;
Que l'avare, en secret, te vende son suffrage;
Assure au courtisan ma faveur en partage;
Du lâche qui balance, échauffe les esprits;
Promets, donne, conjure, intimide, éblouis.
Ce fer, aux pieds du trône, en vain m'a sçu conduire;
C'est encor peu de vaincre, il faut sçavoir séduire;
Flatter l'hydre du peuple, au frein l'accoutumer;
Et pousser l'art, enfin, jusqu'à m'en faire aimer.

Fin du premier Acte.

ACTE II.

SCENE PREMIERE.

MÉROPE, EURICLÈS, ISMENIE.

MÉROPE.

QUoi ! L'univers se tait sur le destin d'Egiste !
Je n'entens que trop bien ce silence si triste.
Aux frontiéres d'Elide enfin n'a-t'on rien sçû ?

EURICLÈS.

On n'a rien découvert : & tout ce qu'on a vû,
C'est un jeune étranger, de qui la main sanglante,
D'un meurtre encor récent paroissoit dégoutante.
Enchaîné par mon ordre, on l'améne au Palais.

MÉROPE.

Un meurtre ! Un inconnu ! Qu'a-t'il fait, Euriclès ?
Quel sang a-t'il versé ? Vous me glacez de crainte !

EURICLÈS.

Triste effet de l'amour dont votre ame est atteinte.
Le moindre événement vous porte un coup mortel.
Tout sert à déchirer un cœur trop maternel :
Tout fait parler en vous la voix de la nature ;
Mais de ce meurtrier la commune avanture
N'a rien dont vos esprits doivent être agités.
De crimes, de brigands ces bords sont infectés.
C'est le fruit malheureux de nos guerres civiles.
La Justice est sans force ; & nos champs, & nos Villes,

Redemandent aux Dieux trop long-tems négligés,
Le sang des citoyens, l'un par l'autre égorgés.
Ecartez des terreurs dont le poids vous afflige.

ME'ROPE.

Quel est cet inconnu? Répondez-moi, vous dis-je?

EURICLE'S.

C'est un de ces mortels du sort abandonnés,
Nourris dans la bassesse, aux travaux condamnés;
Un malheureux sans nom, si l'on croit l'apparence.

ME'ROPE.

N'importe; quel qu'il soit, qu'il vienne en ma présence.
Le témoin le plus vil, & les moindres clartés,
Nous montrent quelquefois de grandes vérités.
Peut-être j'en croi trop le trouble qui me presse;
Mais ayez-en pitié, respectez ma foiblesse:
Mon cœur a tout à craindre, & rien à négliger.
Qu'il vienne, je le veux, je veux l'interroger.

EURICLE'S.

(*à Ismenie.*)

Vous serez obéie. Allez, & qu'on l'améne;
Qu'il paroisse à l'instant aux regards de la Reine.

ME'ROPE.

Je sens que je vais prendre un inutile soin:
Mon désespoir m'aveugle, il m'emporte trop loin.
Vous sçavez s'il est juste. On comble ma misére;
On détrône le fils, on outrage la mere.
Polifonte abusant de mon triste destin,
Ose enfin s'oublier jusqu'à m'offrir sa main.

EURICLE'S.

Vos malheurs sont plus grands que vous ne pouvez croire.
Je sçai que cet hymen offense votre gloire:
Mais je voi qu'on l'exige; & le sort irrité,
Vous fait de cet opprobre une nécessité.
C'est un cruel parti; mais c'est le seul, peut-être,
Qui pourroit conserver le trône à son vrai maître.

Tel est le sentiment des Chefs & des Soldats ;
Et l'on croit....

MÉROPE.

Non, mon fils ne le souffriroit pas.
L'exil, où son enfance a langui condamnée,
Lui seroit moins affreux que ce lâche hymenée.

EURICLÉS.

Il le condamneroit, si, paisible en son rang,
Il n'en croyoit ici que les droits de son sang ;
Mais si, par les malheurs, son ame étoit instruite ;
Sur ses vrais intérêts, s'il régloit sa conduite ;
De ses tristes amis, s'il consultoit la voix,
Et la nécessité, souveraine des loix,
Il verroit que jamais sa malheureuse mere
Ne lui donna d'amour une marque plus chere.

MÉROPE.

Ah ! Que me dites-vous !

EURICLÉS.

De dures vérités ;
Que m'arrachent mon zéle, & vos calamités.

MÉROPE.

Quoi ! Vous me demandez que l'intérêt surmonte
Cette invincible horreur que j'ai pour Polifonte !
Vous, qui me l'avez peint de si noires couleurs !

EURICLÉS.

Je l'ai peint dangereux, je connois ses fureurs ;
Mais il est tout puissant ; mais rien ne lui résiste :
Il est sans héritier, & vous aimez Egiste.

MÉROPE.

Ah ! C'est ce même amour, à mon cœur précieux ;
Qui me rend Polifonte encor plus odieux.
Que parlez-vous toujours, & d'hymen & d'Empire ?
Parlez-moi de mon fils ; dites-moi s'il respire.
Cruel ! Apprenez-moi....

EURICLÉS.

Voici cet étranger,
Que vos tristes soupçons brûloient d'interroger.

SCENE III.

MÉROPE, EURICLÈS, EGISTE *enchaîné*, ISMENIE, GARDES.

EGISTE, *dans le fond du Téatre, à Ismenie.*

Est-ce là cette Reine auguste & malheureuse?
Celle de qui la gloire, & l'infortune affreuse,
Retentit jusqu'à moi dans le fond des déserts?

ISMENIE.

Rassurez-vous, c'est elle.

EGISTE.

O Dieu de l'Univers!
Dieu, qui formas ses traits, veille sur ton image;
La vertu sur le trône est ton plus digne ouvrage.

MÉROPE.

C'est-là ce meurtrier? Se peut-il qu'un mortel,
Sous des dehors si doux, ait un cœur si cruel?
Approche, malheureux, & dissipe tes craintes;
Répons-moi; de quel sang tes mains sont-elles teintes?

EGISTE.

O Reine, pardonnez; le trouble, le respect,
Glacent ma triste voix tremblante à votre aspect.
(*à Euriclès.*)
Mon ame, en sa présence, étonnée, attendrie..

MÉROPE.

Parle; de qui ton bras a-t'il tranché la vie?

EGISTE.

D'un jeune audacieux, que les arrêts du sort,
Et ses propres fureurs ont conduit à la mort.

MÉROPE.

D'un jeune homme! Mon ame s'est glacé dans mes veines,

Ah ! ... T'étoit-il connu ?

EGISTE.

Non : les champs de Messenes,
Ses murs, leurs citoyens, tout est nouveau pour moi.

MÉROPE.

Quoi ! Ce jeune inconnu s'est armé contre toi ?
Tu n'aurois employé qu'une juste défense ?

EGISTE.

J'en atteste le Ciel ; il sçait mon innocence.
Aux bords de la Pamise, en un temple sacré,
Où l'un de vos ayeux, Hercule, est adoré,
J'osois prier, pour vous, ce Dieu vengeur des crimes ;
Je ne pouvois offrir, ni présens, ni victimes :
Né dans la pauvreté, j'offrois de simples vœux,
Un cœur pur & soumis, présent des malheureux.
Il sembloit que le Dieu, touché de mon hommage,
Au-dessus de moi-même, élevât mon courage.
Deux inconnus, armés, m'ont abordé soudain.
L'un dans la fleur des ans, l'autre vers son déclin.
Quel est donc, m'ont-ils dit, le dessein qui te guide ?
Et quels vœux formes-tu pour la race d'Alcide ?
L'un & l'autre, à ces mots, ont levé le poignard ;
Le Ciel m'a secouru dans ce triste hazard.
Cette main, du plus jeune, a puni la furie ;
Percé de coups, Madame, il est tombé sans vie :
L'autre a fui lâchement, tel qu'un vil assassin.
Et moi, je l'avouerai, de mon sort incertain,
Ignorant de quel sang j'avois rougi la terre,
Craignant d'être puni d'un meurtre involontaire ;
J'ai traîné dans les flots ce corps ensanglanté.
Je fuyois ; vos soldats m'ont bien-tôt arrêté :
Il ont nommé *Mérope*, & j'ai rendu les armes.

EURICLÈS.

Eh ! Madame, d'où vient que vous versez des larmes ?

MÉROPE.

Te le dirai-je ? Hélas ! tandis qu'il m'a parlé,
Sa voix m'attendrissoit, tout mon cœur s'est troublé.

Cresfonte .... ô Ciel.... j'ai crû.... que j'en rougis de honte !
Oui, j'ai crû démêler quelques traits de Cresfonte.
Jeux cruels du hazard, en qui me montrez-vous
Une si fausse image, & des rapports si doux ?
Affreux ressouvenir, quel vain songe m'abuse ?

EURICLE'S.

Rejettez donc, Madame, un soupçon qui l'accuse ;
Il n'a rien d'un barbare, & rien d'un imposteur.

ME'ROPE.

Les Dieux ont sur son front imprimé la candeur.
Demeurez ; en quel lieu le Ciel vous fit-il naître ?

EGISTE.

En Elide.

ME'ROPE.

Qu'entens-je ! En Elide ! Ah ! peut-être....
L'Elide... répondez... Narbas vous est connu ;
Le nom d'Egiste, au moins, jusqu'à vous est venu.
Quel étoit votre état, votre rang, votre pere ?

EGISTE.

Mon pere est un vieillard accablé de misere ;
Policlete est son nom ; mais Egiste, Narbas,
Ceux dont vous me parlez, je ne les connois pas.

ME'ROPE.

O Dieux ! vous vous jouez d'une triste mortelle,
J'avois de quelque espoir une foible étincelle :
J'entrevoyois le jour, & mes yeux affligés,
Dans la profonde nuit sont déja replongés.
Et quel rang vos parens tiennent-ils dans la Gréce ?

EGISTE.

Si la vertu suffit pour faire la noblesse,
Ceux, dont je tiens le jour, Policlete, Sirris,
Ne sont point des mortels dignes de vos mépris :
Leur sort les avilit ; mais leur sage constance
Fait respecter en eux l'honorable indigence.
Sous ses rustiques toits, mon pere vertueux,
Fait le bien, suit les loix, & ne craint que les Dieux.

MÉROPE.

Chaque mot qu'il me dit, eſt plein de nouveaux charmes.
Pourquoi donc le quitter, pourquoi cauſer ſes larmes?
Sans doute, il eſt affreux d'être privé d'un fils.

EGISTE.

Un vain déſir de gloire a ſéduit mes eſprits.
On me parloit ſouvent des troubles de Meſſene;
Des malheurs dont le Ciel avoit frappé la Reine;
Sur-tout de ſes vertus dignes d'un autre prix:
Je me ſentois ému par ces triſtes récits:
De l'Elide, en ſecret, dédaignant la moleſſe,
J'ai voulu dans la guerre exercer ma jeuneſſe;
Servir ſous vos drapeaux, & vous offrir mon bras:
Voilà le ſeul deſſein qui conduiſit mes pas.
Ce faux inſtinct de gloire égara mon courage;
A mes parens, flétris ſous les rides de l'âge,
J'ai de mes jeunes ans dérobé les ſecours:
C'eſt ma premiere faute, elle a troublé mes jours.
Le Ciel m'en a puni: le Ciel inéxorable,
M'a conduit dans le piége, & m'a rendu coupable.

MÉROPE.

Il ne l'eſt point; j'en croi ſon ingénuité:
Le menſonge n'a point cette ſimplicité.
Tendons à ſa jeuneſſe une main bienfaiſante;
C'eſt un infortuné que le Ciel me préſente.
Il ſuffit qu'il ſoit homme, & qu'il ſoit malheureux.
Mon fils peut éprouver un ſort plus rigoureux.
Il me rappelle Egiſte; Egiſte eſt de ſon âge:
Peut-être, comme lui, de rivage en rivage,
Inconnu, fugitif, & par-tout rebuté,
Il ſouffre le mépris qui ſuit la pauvreté.
L'opprobre avilit l'ame, & flétrit le courage.
Pour le ſang de nos Dieux, quel horrible partage!
Si du moins.....

SCENE

SCENE III.

MEROPE, EGISTE, EURICLE'S, ISMENIE.

ISMENIE.

Ah! Madame, entendez-vous ces cris?
Sçavez-vous bien?...

MEROPE.

Quel trouble alarme tes esprits?

ISMENIE.

Polifonte l'emporte; & nos peuples volages,
A son ambition prodiguent leurs suffrages.
Il est Roi; c'en est fait.

EGISTE.

J'avois crû que les Dieux
Auroient placé Mérope au rang de ses ayeux.
Dieux! Que plus on est grand, plus vos coups sont à craindre!
Errant, abandonné, je suis le moins à plaindre.
Tout homme a ses malheurs.

(On emméne Egiste.)

EURICLE'S *à Mérope.*

Je vous l'avois prédit:
Vous avez trop bravé son offre & son crédit.

MEROPE.

Je vois toute l'horreur de l'abîme où nous sommes.
J'ai mal connu les Dieux; j'ai mal connu les hommes.
J'en attendois justice: ils la refusent tous.

EURICLE'S.

Permettez que du moins j'assemble, autour de vous,
Ce peu de nos amis, qui, dans un tel orage,
Pourroient encor sauver les débris du naufrage,
Et vous mettre à l'abri des nouveaux attentats
D'un maître dangereux, & d'un peuple d'ingrats.

G

SCENE IV.

MÉROPE, ISMENIE.

ISMENIE.

L'Etat n'est point ingrat ; non, Madame, on vous aime,
On vous conserve encor l'honneur du diadême :
On veut que Polifonte, en vous donnant la main,
Semble tenir de vous le pouvoir souverain.

MÉROPE.

On ose me donner au tyran qui me brave ;
On a trahi le fils, on fait la mere esclave.

ISMENIE.

Le Peuple vous rappelle au rang de vos ayeux.
Suivez sa voix, Madame, elle est la voix des Dieux.

MÉROPE.

Inhumaine, tu veux que Mérope, avilie,
Rachete un vain honneur, à force d'infamie.

SCENE V.

MÉROPE, EURICLÉS, ISMENIE, EROX, *Gardes de Polifonte.*

EURICLÉS.

MAdame, je reviens en tremblant devant vous ;
Préparez ce grand cœur aux plus terribles coups ;
Rappellez votre force à ce dernier outrage.

MÉROPE.

Je n'en ai plus, les maux ont lassé mon courage;
Mais, n'importe; parlez.

EURICLÉS.

C'en est fait; & le sort....
Je ne puis achever.

MÉROPE.

Quoi! Mon fils?

EURICLÉS.

Il est mort;
Il est trop vrai; déja cette horrible nouvelle
Consterne vos amis, & glace tout leur zéle.

MÉROPE.

Mon fils est mort!

ISMENIE.

O Dieux!

EURICLÉS.

D'indignes assassins,
Des piéges de la mort, ont semé les chemins.
Le crime est consommé.

MÉROPE.

Quoi! Ce jour que j'abhorre,
Ce soleil luit pour moi! Mérope vit encore!
Il n'est plus! Quelles mains ont déchiré son flanc?
Quel monstre a répandu les restes de mon sang?

EURICLÉS.

Hélas! Cet étranger! Ce séducteur impie,
Dont nous-mêmes admirions la vertu poursuivie,
Pour qui tant de pitié naissoit dans votre sein,
Lui que vous protégiez!

MÉROPE.

Ce monstre est l'assassin!

EURICLÉS.

Oui, Madame, on en a des preuves trop certaines;
On vient de découvrir, de mettre dans les chaînes,
Deux de ses Compagnons, qui, cachés parmi nous,
Cherchoient encor Narbas échappé de leurs coups:

Celui qui, sur Egiste, a mis ses mains hardies,
A pris de votre fils les dépouilles chéries;
(On apporte cette Armure dans le fond du Téatre.)
L'Armure que Narbas emporta de ces lieux:
Le traître avoit jetté ces gages précieux,
Pour n'être point connu par ces marques sanglantes.

MEROPE.

Ah! Que me dites-vous! Mes mains, ces mains tremblantes,
En armerent Cresfonte, alors que de mes bras,
Pour la premiere fois, il courut aux combats!
O dépouille trop chere, en quelles mains livrée!
Quoi! Ce monstre avoit pris cette Armure sacrée?

EURICLE'S.

Celle qu'Egiste même apportoit en ces lieux.

MEROPE.

Et teinte de son sang, on la montre à mes yeux!
Ce Vieillard qu'on a vû dans le Temple d'Alcide!

EURICLE'S.

C'étoit Narbas; c'étoit son déplorable guide.
Polifonte l'avoue.

MEROPE.

Affreuse vérité.
Hélas! De l'assassin le bras ensanglanté,
Pour dérober aux yeux son crime & son parjure,
Donne à mon fils sanglant, les flots pour sépulture.
Je vois tout. O mon fils, quel horrible destin!

EURICLE'S.

Voulez-vous tout sçavoir de ce lâche assassin?

SCENE VI.

ME'ROPE, ISMENIE, EROX.

EROX.

MAdame, par ma voix, permettez que mon Maître,
Trop dédaigné de vous, trop méconnu, peut-être,
Dans ces cruels momens, vous offre son secours.
Il a sçû que d'Egiste on a tranché les jours;
Et cette part qu'il prend aux malheurs de la Reine.

ME'ROPE.

Il y prend part, Erox, & je le croi sans peine;
Il en jouit du moins, & les destins l'ont mis
Au trône de Cresfonte, au trône de mon fils.

EROX.

Il vous offre ce trône; agréez qu'il partage
De ce fils, qui n'est plus, le sanglant héritage,
Et que, dans vos malheurs, il mette à vos genoux
Un front que la Couronne a fait digne de vous;
Mais il faut, dans mes mains, remettre le coupable;
Le droit de le punir, est un droit respectable:
C'est le devoir des Rois; le glaive de Témis,
Ce grand soutien du trône, à lui seul est commis:
A vous, comme à son peuple, il veut rendre justice;
Le sang des assassins est le vrai sacrifice
Qui doit de votre hymen ensanglanter l'autel.

ME'ROPE.

Non, je veux que ma main porte le coup mortel.
Si Polifonte est Roi, je veux que sa puissance
Laisse à mon désespoir le soin de ma vengeance.
Qu'il régne, qu'il posséde, & mes biens & mon rang;
Tout l'honneur que je veux, c'est de venger mon sang.

Ma main est à ce prix ; allez, qu'il s'y prépare :
Je la retirerai du sein de ce barbare,
Pour la porter fumante aux autels de nos Dieux.

EROX.

Le Roi, n'en doutez point, va remplir tous vos vœux.
Croyez qu'à vos regrets son cœur sera sensible.

SCENE VII.

MÉROPE, EURICLÈS, ISMENIE.

MÉROPE.

NOn, ne m'en croyez point ; non, cet hymen horrible,
Cet hymen, que je crains, ne s'accomplira pas.
Au sein du meurtrier j'enfoncerai mon bras ;
Mais ce bras, à l'instant, m'arrachera la vie.

EURICLÈS.

Madame, au nom des Dieux...

MÉROPE.

Ils m'ont trop poursuivie ;
Irai-je à leurs autels, objet de leur courroux,
Quand ils m'ôtent un fils, demander un époux ?
Joindre un sceptre étranger au sceptre de mes peres,
Et les flambeaux d'hymen aux flambeaux funeraires ?
Moi, vivre, moi, lever mes regards éperdus,
Vers ce Ciel outragé, que mon fils ne voit plus ?
Sous un maître odieux, dévorant ma tristesse,
Attendre dans les pleurs une affreuse vieillesse ?
Quand on a tout perdu, quand on a plus d'espoir,
La vie est un opprobre, & la mort un devoir.

Fin du second Acte.

ACTE III.

SCENE PREMIERE.

NARBAS.

O DOULEUR ! O regrets ! O vieilleſſe peſante !
Je n'ai pû retenir cette fougue imprudente,
Cette ardeur d'un Héros, ce courage emporté,
S'indignant dans mes bras de ſon obſcurité.
Je l'ai perdu, la mort me l'a ravi, peut-être.
De quel front aborder la mere de mon maître ?
Quels maux ſont en ces lieux accumulés ſur moi ?
Je reviens ſans Egiſte, & Poliſonte eſt Roi !
Cet heureux artiſan de fraudes & de crimes,
Cet aſſaſſin farouche, entouré de victimes,
Qui nous perſécutant de climats en climats,
Sema par-tout la mort, attachée à nos pas.
Il regne, il affermit le trône qu'il profane !
Il y jouit en paix du Ciel qui le condamne.
Dieux ! Cachez mon retour à ſes yeux pénétrans.
Dieux ! Dérobez Egiſte au fer de ſes tyrans.
Guidez-moi vers ſa mere, & qu'à ſes pieds je meure.
Je vois, je reconnois cette triſte demeure,
Où le meilleur des Rois a reçu le trépas,
Où ſon fils tout ſanglant fut ſauvé dans mes bras.
Hélas ! après quinze ans d'exil & de miſere,

Je viens coûter encor des larmes à sa mere.
A qui me déclarer ? Je cherche dans ces lieux
Quelque ami, dont la main me conduise à ses yeux.
Aucun ne se présente à ma débile vûë.
Je vois près d'une tombe une foule éperdue :
J'entens des cris plaintifs. Hélas! dans ce Palais,
Un Dieu persécuteur habite pour jamais.

SCENE II.

NARBAS, ISMENIE, *suivans de la Reine dans le fond du Téatre, où l'on découvre le tombeau de Cresfonte.*

ISMENIE.

Quel est cet inconnu, dont la vûe indiscrette
Ose troubler la Reine, & percer sa retraite ?
Est-ce de nos tyrans quelque ministre affreux,
Dont l'œil vient épier les pleurs des malheureux ?

NARBAS.

Oh! qui que vous soyez, excusez mon audace;
C'est un infortuné qui demande une grace.
Il peut servir Mérope ; il voudroit lui parler.

ISMENIE.

Ah! quel tems prenez-vous pour oser la troubler ?
Respectez la douleur d'une mere éperdue ;
Malheureux étranger, n'offensez point sa vûe.
Eloignez-vous.

NARBAS.

Hélas! Au nom des Dieux vengeurs,
Accordez cette grace à mon âge, à mes pleurs.
Je ne suis point, Madame, étranger dans Messene.
Croyez, si vous servez, si vous aimez la Reine,
Que mon cœur à son sort attaché, comme vous,

De

De sa longue infortune à senti tous les coups.
Quelle est donc cette tombe en ces lieux élevée,
Que j'ai vû de vos pleurs en ce moment lavée?

ISMENIE.

C'est la tombe d'un Roi, des Dieux abandonné,
D'un Héros, d'un époux, d'un pere infortuné,
De Cresfonte.

NARBAS *allant vers le tombeau.*

O mon maître! ô cendres que j'adore!

ISMENIE.

L'épouse de Cresfonte est plus à plaindre encore.

NARBAS.

Quels coups auroient comblé ses malheurs inouis?

ISMENIE.

Le coup le plus terrible; on a tué son fils.

NARBAS.

Son fils Egiste, ô Dieux! le malheureux Egiste!

ISMENIE.

Nul mortel en ces lieux n'ignore un sort si triste.

NARBAS.

Son fils ne seroit plus?

ISMENIE.

Un barbare assassin;
Aux portes de Messene a déchiré son sein.

NARBAS.

O désespoir! ô mort, que ma crainte a prédite!
Il est assassiné? Mérope en est instruite?
Ne vous trompez-vous pas?

ISMENIE.

Des signes trop certains
Ont éclairé nos yeux sur ces affreux destins.
C'est vous en dire assez; sa perte est assurée.

NARBAS.

Quel fruit de tant de soins!

ISMENIE.

Au désespoir livrée;

Mérope va mourir ; son courage est vaincu :
Pour son fils seulement Mérope avoit vécu.
Des nœuds qui l'arrêtoient sa vie est dégagée :
Mais avant de mourir elle sera vengée ;
Le sang de l'assassin par sa main doit couler ;
Au tombeau de Cresfonte elle va l'immoler :
Le Roi qui l'a permis, cherche à flatter sa peine ;
Un des siens, en ces lieux, doit, aux pieds de la Reine,
Amener à l'instant ce lâche meurtrier,
Qu'au sang d'un fils si cher on va sacrifier.
Mérope, cependant, dans sa douleur profonde,
Veut de ce lieu funeste écarter tout le monde.

NARBAS *en s'en allant.*

Hélas ! S'il est ainsi, pourquoi me découvrir ?
Aux pieds de ce tombeau je n'ai plus qu'à mourir.

SCENE III.

ISMENIE *seule.*

CE vieillard est sans doute un citoyen fidéle ;
Il pleure, il ne craint point de marquer un vrai zéle :
Il pleure, & tout le reste, esclave des tyrans,
Détourne loin de nous des yeux indifférens.
Quel si grand intérêt prend-il à nos alarmes ?
La tranquille pitié fait verser moins de larmes.
Il montroit pour Egiste un cœur trop paternel !
Hélas ! Courons à lui . . . Mais, quel objet cruel !

SCENE IV.

ME'ROPE, ISMENIE, EURICLE'S, EGISTE *enchaîné*, GARDES, SACRIFICATEURS.

ME'ROPE *auprès du tombeau.*

QU'on amene à mes yeux cette horrible victime.
Inventons des tourmens qui soient égaux au crime;
Ils ne pourront jamais égaler ma douleur.

EGISTE.

On m'a vendu bien cher un instant de faveur.
Secourez-moi, grands Dieux ! à l'innocent propices.

EURICLE'S.

Avant que d'expirer, qu'il nomme ses complices.

ME'ROPE *avançant.*

Oui, sans doute, il le faut. Monstre ! qui t'a porté
A ce comble de crime, à tant de cruauté ?
Que t'ai-je fait ?

EGISTE.

Les Dieux, qui vengent le parjure,
Sont témoins si ma bouche a connu l'imposture.
J'avois dit, à vos pieds, la simple vérité;
J'avois déja fléchi votre cœur irrité;
Vous étendiez sur moi votre main protectrice.
Qui peut avoir si-tôt lassé votre justice ?
Et quel est donc ce sang qu'a versé mon erreur ?
Quel nouvel intérêt vous parle en sa faveur ?

ME'ROPE.

Quel intérêt ? Barbare !

EGISTE.

Hélas ! Sur son visage
J'entrevois de la mort la douloureuse image :

Que j'en suis attendri ! J'aurois voulu, cent fois,
Racheter de mon sang, l'état où je la vois.

MÉROPE.

Le cruel ! A quel point on l'instruisit à feindre !
Il m'arrache la vie, & semble encor me plaindre.

(*Elle se rejette dans les bras d'Ismenie.*)

EURICLÈS.

Madame, vengez-vous, & vengez, à la fois,
Les loix, & la nature, & le sang de nos Rois.

EGISTE.

A la Cour de ces Rois telle est donc la justice ?
On m'accueille, on me flatte, on résout mon supplice ;
Quel destin m'arrachoit à mes tristes forêts !
Vieillard infortuné, quels seront vos regrets ?
Mere trop malheureuse, & dont la voix si chere
M'avoit prédit....

MÉROPE.

Barbare ! Il te reste une mere !
Je serois mere encor, sans toi, sans ta fureur ;
Tu m'as ravi mon fils.

EGISTE.

Si tel est mon malheur ;
S'il étoit votre fils, je suis trop condamnable :
Mon cœur est innocent, mais ma main est coupable ;
Que je suis malheureux ! Le Ciel sçait qu'aujourd'hui
J'aurois donné ma vie, & pour vous, & pour lui.

MÉROPE.

Quoi, traître ! Quand ta main lui ravit cette armure....

EGISTE.

Elle est à moi.

MÉROPE.

Comment ! Que dis-tu ?

EGISTE.

Je vous jure ;
Par vous, par ce cher fils, par vos divins ayeux,
Que mon pere, en mes mains, mit ce don précieux.

MEROPE.

Qui? Ton pere? En Elide? En quel trouble il me jette!
Son nom? Parle; répons.

EGISTE.

Son nom est Policlete:
Je vous l'ai déja dit.

MEROPE.

Tu m'arraches le cœur.
Quelle indigne pitié suspendoit ma fureur!
C'en est trop; secondez la rage qui me guide.
Qu'on traîne à ce tombeau, ce monstre, ce perfide;
Manes de mon cher fils, mes bras ensanglantez.

NARBAS, *paroissant avec précipitation.*

Qu'allez-vous faire? O Dieux!

MEROPE.

Qui m'appelle?

NARBAS.

Arrêtez.
Hélas! Il est perdu, si je nomme sa mere;
S'il est connu.

MEROPE.

Meurs, traître.

NARBAS.

Arrêtez.

EGISTE, *levant les yeux vers Narbas.*

O mon pere!

MEROPE.

Son pere!

EGISTE, *à Narbas.*

Hélas! Que vois-je! Où portez-vous vos pas?
Venez-vous être ici témoin de mon trépas?

NARBAS.

Ah! Madame, empêchez qu'on acheve le crime.
Euriclés, écoutez, écartez la victime;
Que je vous parle

EURICLE'S *emmene Egiste, & ferme le fond du Téatre.*

O Ciel!

MÉROPE, *s'avançant.*

Vous me faites trembler :

J'allois venger mon fils.

NARBAS, *se jettant à genoux.*

Vous alliez l'immoler.

Egiste....

MÉROPE, *laissant tomber le poignard.*

Eh bien ! Egiste ?

NARBAS.

O Reine infortunée !

Celui, dont votre main tranchoit la destinée,
C'est Egiste....

MÉROPE.

Il vivroit ?

NARBAS.

C'est lui, c'est votre fils.

MÉROPE, *tombant dans les bras d'Ismenie.*

Je me meurs !

ISMENIE.

Dieux puissans !

NARBAS, *à Ismenie.*

Rappellez ses esprits.

Hélas ! Ce juste excès de joie & de tendresse,
Ce trouble si soudain, ce remords qui la presse,
Vont consumer ses jours, usés par la douleur.

MÉROPE, *revenant à elle.*

Ah ! Narbas, est-ce vous ? Est-ce un songe trompeur ?
Quoi ! C'est vous ? C'est mon fils ? Qu'il vienne, qu'il paroisse.

NARBAS.

Redoutez, renfermez cette juste tendresse,
(*à Ismenie.*)
Vous, cachez, à jamais, ce secret important ;
Le salut de la Reine & d'Egiste en dépend.

MÉROPE.

Ah ! Quel nouveau danger empoisonne ma joie ?
Cher Egiste ! Quel Dieu défend que je te voie ?

Ne m'est-il donc rendu que pour mieux m'affliger ?

NARBAS.

Ne le connoissant pas, vous alliez l'égorger ;
Et si son arrivée est ici découverte,
En le reconnoissant, vous assurez sa perte.
Malgré la voix du sang, feignez, dissimulez ;
Le crime est sur le trône ; on vous poursuit, tremblez.

SCENE V.

ME'ROPE, EURICLE'S, NARBAS, ISMENIE.

EURICLE'S.

AH! Madame, le Roi commande qu'on saisisse.

ME'ROPE.

Qui ?

EURICLE'S.

Ce jeune étranger qu'on destine au supplice.

ME'ROPE.

Eh bien! Cet étranger, c'est mon fils, c'est mon sang.
Narbas, on va plonger le couteau dans son flanc!
Courons tous.

NARBAS.

Demeurez.

ME'ROPE.

C'est mon fils qu'on entraîne.
Pourquoi ? Quelle entreprise exécrable & soudaine!
Pourquoi m'ôter Egiste ?

EURICLE'S.

Avant de vous venger,
Polifonte, dit-il, prétend l'interroger.

ME'ROPE.

L'interroger! Qui ? Lui ? Sçait-il quelle est sa mere ?

EURICLÈS.

Nul ne soupçonne encor ce terrible mystere.

MÉROPE.

Courons à Polifonte ; implorons son appui.

NARBAS.

N'implorez que les Dieux, & ne craignez que lui.

EURICLÈS.

Si les droits de ce fils font au Roi quelque ombrage,
De son salut, au moins, votre hymen est le gage.
Prêt à s'unir à vous d'un éternel lien,
Votre fils, aux autels, va devenir le sien ;
Et dût sa politique en être encor jalouse,
Il faut qu'il serve Egiste, alors qu'il vous épouse.

NARBAS.

Il vous épouse ! Lui ? Quel coup de foudre ! O Ciel !

MÉROPE.

C'est mourir trop long-tems dans ce trouble cruel.
Je vais.

NARBAS.

Vous n'irez point, ô mere déplorable ;
Vous n'accomplirez point cet hymen exécrable.

EURICLÈS.

Narbas, elle est forcée à lui donner la main.
Il peut venger Cresfonte.

NARBAS.

Il en est l'assassin.

MÉROPE.

Lui ? Ce traître !

NARBAS.

Oui, lui-même : oui, ses mains sanguinaires
Ont égorgé, d'Egiste, & le pere, & les freres.
Je l'ai vû sur mon Roi, j'ai vû porter les coups ;
Je l'ai vû tout couvert du sang de votre époux.

MÉROPE.

Ah, Dieux !

NARBAS.

J'ai vû ce monstre entouré de victimes;
Je l'ai vû, contre vous, accumuler les crimes.
Il déguisa sa rage à force de forfaits;
Lui-même, aux ennemis, il ouvrit ce Palais.
Il y porta la flamme; & parmi le carnage,
Parmi les traits, les feux, le trouble, le pillage,
Teint du sang de vos fils, mais des brigands vainqueur,
Assassin de son Prince, il parut son vengeur.
D'ennemis, de mourans, vous étiez entourée;
Et moi, perçant à peine une foule égarée,
J'emportai votre fils dans mes bras languissans;
Les Dieux ont pris pitié de ses jours innocens:
Je l'ai conduit seize ans, de retraite en retraite:
J'ai pris, pour me cacher, le nom de Policlete;
Et, lorsqu'en arrivant, je l'arrache à vos coups,
Polifonte est son maître, & devient votre époux!

ME'ROPE.

Ah! Tout mon sang se glace, à ce récit horrible.

EURICLE'S.

On vient: c'est Polifonte.

ME'ROPE.

O Dieux! Est-il possible!
(*à Narbas.*)
Va, dérobe, sur-tout, ta vûe à sa fureur.

NARBAS.

Hélas! Si votre fils est cher à votre cœur,
Avec son assassin, dissimulez, Madame.

EURICLE'S.

Renfermons ce secret dans le fond de notre ame:
Un seul mot peut le perdre.

ME'ROPE, *à Euriclés.*

Ah! Cours, & que tes yeux
Veillent sur ce dépôt si cher, si précieux.

EURICLE'S.

N'en doutez point.

MÉROPE.

Hélas! J'espere en ta prudence:
C'est mon fils, c'est ton Roi. Dieux! Ce monstre s'avance.

SCENE VI.

MÉROPE, POLIFONTE, EROX, ISMENIE, SUITE.

POLIFONTE.

LE trône vous attend, & les autels sont prêts;
L'hymen, qui va nous joindre, unit nos intérêts.
Comme Roi, comme époux, le devoir me commande
Que je venge le meurtre, & que je vous défende.
Deux complices, déja par mon ordre saisis,
Vont payer, de leur sang, le sang de votre fils.
Mais, malgré tous mes soins, votre lente vengeance
A bien mal secondé ma prompte vigilance.
J'avois, à votre bras, remis cet assassin;
Vous-même, disiez-vous, deviez percer son sein.

MÉROPE.

Plût aux Dieux que mon bras fût le vengeur du crime!

POLIFONTE.

C'est le devoir des Rois, c'est le soin qui m'anime.

MÉROPE.

Vous?

POLIFONTE.

Pourquoi donc, Madame, avez-vous différé?
Votre amour pour un fils, seroit-il altéré?

MÉROPE.

Puissent ses ennemis périr dans les supplices;
Mais si ce meurtrier, Seigneur, a des complices!...

Si je pouvois, par lui, reconnoître le bras,
Le bras dont mon époux a reçu le trépas ;...
Ceux, dont la rage impie a massacré le pere,
Poursuivront, à jamais, & le fils, & la mere.
Si l'on pouvoit....

POLIFONTE.

C'est là ce que je veux sçavoir ;
Et déja le coupable est mis en mon pouvoir.

MÉROPE *effrayée.*

Il est entre vos mains ?

POLIFONTE.

Oui, Madame ; & j'espere
Percer, en lui parlant, ce ténébreux mistere.

MÉROPE.

Ah, barbare !... A moi seule il faut qu'il soit remis.
Rendez-moi... Vous sçavez que vous l'avez promis.
(*à part.*)
O mon sang ! O mon fils ! Quel sort on vous prépare !
(*à Polifonte.*)
Seigneur, ayez pitié.

POLIFONTE.

Quel transport vous égare ?
Il mourra.

MÉROPE.

Lui ?

POLIFONTE.

Sa mort pourra vous consoler.

MÉROPE.

Ah ! Je veux à l'instant le voir & lui parler.

POLIFONTE.

Ce mêlange inoui d'horreur & de tendresse,
Ces transports dont votre ame à peine est la maîtresse,
Ces discours commencés, ce visage interdit,
Pourroient, de quelque ombrage, alarmer mon esprit.
Mais puis-je m'expliquer avec moins de contrainte ?
D'un déplaisir nouveau votre ame semble atteinte.

Qu'a donc dit ce vieillard que l'on vient d'amener?
Pourquoi fuit-il mes yeux? Que dois-je en soupçonner?
Quel est-il?

MÉROPE.

Eh! Seigneur, à peine sur le trône,
La crainte, le soupçon déja vous environne?

POLIFONTE.

Partagez donc ce trône; &, sûr de mon bonheur,
Je verrai les soupçons exilés de mon cœur.
L'autel attend déja Mérope & Polifonte.

MÉROPE.

Les Dieux vous ont donné le trône de Cresfonte;
Il y manquoit sa femme, & ce comble d'horreur,
Ce crime épouventable.

ISMENIE.

Eh, Madame!

MÉROPE.

Ah! Seigneur;
Pardonnez... Vous voyez une mere éperdue.
Les Dieux m'ont tout ravi, les Dieux m'ont confondue.
Pardonnez... De mon fils rendez-moi l'assassin.

POLIFONTE.

Tout son sang, s'il le faut, va couler sous ma main.
Venez, Madame.

MÉROPE.

O Dieux! Dans l'horreur qui me presse;
Secourez une mere, & cachez sa foiblesse.

Fin du troisiéme Acte.

ACTE IV.

SCENE PREMIERE.

POLIFONTE, EROX.

POLIFONTE.

A Ses emportemens, je croirois qu'à la fin;
Elle a, de son époux, reconnu l'assassin :
Je croirois que ses yeux ont éclairé l'abîme;
Où, dans l'impunité, s'étoit caché mon crime.
Son cœur, avec effroi, se refuse à mes vœux;
Mais ce n'est pas son cœur, c'est sa main que je veux,
Qu'elle écoute à son gré son impuissante haine :
Au char de ma fortune il est tems qu'on l'enchaîne.
Mais vous, au meurtrier vous venez de parler?
Que pensez-vous de lui?

EROX.

Rien ne peut le troubler.
Simple dans ses discours, mais ferme, invariable;
La mort ne fléchit point cette ame impénétrable.
J'en suis frappé, Seigneur, & je n'attendois pas
Un courage aussi grand dans un rang aussi bas.
J'avouerai qu'en secret moi-même je l'admire.

POLIFONTE.

Quel est-il, en un mot?

EROX.

Ce que j'ose vous dire;

C'eſt qu'il n'eſt point, ſans doute, un de ces aſſaſſins
Diſpoſés en ſecret pour ſervir vos deſſeins.

POLIFONTE.

Pouvez-vous en parler avec tant d'aſſurance ?
Leur conducteur n'eſt plus. Ma juſte défiance
A pris ſoin d'effacer dans ſon ſang dangereux,
De ce ſecret d'Etat les veſtiges honteux ;
Mais ce jeune inconnu me tourmente & m'attriſte.
Me répondrez-vous bien qu'il m'ait défait d'Egiſte ?
Croirai-je que, toujours ſoigneux de m'obéir,
Le ſort, juſqu'à ce point, m'ait voulu prévenir ?

EROX.

Mérope, dans les pleurs, mourant déſeſperée,
Eſt de votre bonheur une preuve aſſurée ;
Et tout ce que je voi, le confirme en effet.
Plus fort que tous nos ſoins, le hazard a tout fait.

POLIFONTE.

Le hazard va ſouvent plus loin que la prudence.
Mais j'ai trop d'ennemis & trop d'expérience
Pour laiſſer le hazard arbitre de mon ſort.
Quelque ſoit l'étranger, il faut hâter ſa mort :
Sa mort ſera le prix de cet hymen auguſte ;
Elle affermit mon trône : il ſuffit, elle eſt juſte.
Le peuple, ſous mes loix, pour jamais engagé,
Croira ſon Prince mort, & le croira vengé.
Mais, répondez : quel eſt ce vieillard téméraire
Qu'on dérobe à ma vûe, avec tant de miſtere ?
Mérope alloit verſer le ſang de l'aſſaſſin :
Ce vieillard, dites-vous, a retenu ſa main.
Que vouloit-il ?

EROX.

Seigneur, chargé de ſa miſere,
De ce jeune étranger ce vieillard eſt le pere :
Il venoit implorer la grace de ſon fils.

POLIFONTE.

Sa grace ? Devant moi je veux qu'il ſoit admis.

Ce vieillard me trahit, crois-moi, puiſqu'il ſe cache:
Ce ſecret m'importune; il faut que je l'arrache.
Le meurtrier, ſur-tout, excite mes ſoupçons.
Pourquoi, par quel caprice, & par quelles raiſons,
La Reine qui, tantôt, preſſoit tant ſon ſupplice,
N'oſoit-elle achever ce juſte ſacrifice?
La pitié paroiſſoit adoucir ſes fureurs;
Sa joie éclatoit même à travers ſes douleurs.

EROX.

Qu'importe ſa pitié, ſa joie & ſa vengeance?

POLIFONTE.

Tout m'importe, & de tout je ſuis en défiance.
Elle vient: qu'on m'amene ici cet étranger.

SCENE II.

POLIFONTE, EROX, EGISTE, EURICLE'S, ME'ROPE, ISMENIE, GARDES.

ME'ROPE.

REmpliſſez vos ſermens, ſongez à me venger;
Qu'à mes mains, à moi ſeule on laiſſe la victime.

POLIFONTE.

La voici devant vous. Votre intérêt m'anime.
Vengez-vous. Baignez-vous au ſang du criminel;
Et ſur ſon corps ſanglant je vous mene à l'autel.

ME'ROPE.

Ah, Dieux!

EGISTE *à Poliſonte.*

Tu vends mon ſang à l'hymen de la Reine;
Ma vie eſt peu de choſe, & je mourrai ſans peine:
Mais je ſuis malheureux, innocent, étranger;
Si le Ciel t'a fait Roi, c'eſt pour me proteger.

J'ai tué justement un injuste adversaire.
Mérope veut ma mort ; je l'excuse ; elle est mere ;
Je bénirai ses coups, prêts à tomber sur moi,
Et je n'accuse ici qu'un tyran tel que toi.

POLIFONTE.

Malheureux ! oses-tu, dans ta rage insolente ?

ME'ROPE.

Eh ! Seigneur, excusez sa jeunesse imprudente :
Elevé loin des Cours, & nourri dans les bois,
Il ne sçait pas encor ce qu'on doit à des Rois.

POLIFONTE.

Qu'entens-je ! Quel discours ! Quelle surprise extrême !
Vous, le justifier ?

ME'ROPE.

Qui, moi, Seigneur ?

POLIFONTE.

Vous-même.
De cet égarement sortirez-vous enfin ?
De votre fils, Madame, est-ce ici l'assassin ?

ME'ROPE.

Mon fils, de tant de Rois le déplorable reste,
Mon fils enveloppé dans un piége funeste,
Sous les coups d'un barbare...

ISMENIE.

O Ciel ! Que faites-vous ?

POLIFONTE.

Quoi ! Vos regards sur lui se tournent sans couroux ?
Vous tremblez à sa vûe, & vos yeux s'attendrissent ?
Vous voulez me cacher les pleurs qui les remplissent.

ME'ROPE.

Je ne les cache point ; ils paroissent assez :
La cause en est trop juste ; & vous la connoissez.

POLIFONTE.

Pour en tarir la source, il est tems qu'il expire.
Qu'on l'immole, soldats.

ME'ROPE *s'avançant.*

Cruel ! Qu'osez-vous dire ?

EGISTE.

EGISTE.

Quoi ! De pitié, pour moi, tous vos ſens ſont ſaiſis !

POLIFONTE.

Qu'il meure.

MEROPE.

Il eſt...

POLIFONTE.

Frappez.

ME'ROPE, *ſe jettant entre Egiſte & les ſoldats.*

Barbare ! Il eſt mon fils.

EGISTE.

Moi ! Votre fils ?

ME'ROPE, *en l'embraſſant.*

Tu l'es ; & ce Ciel que j'atteſte ;
Ce Ciel qui t'a formé dans un ſein ſi funeſte,
Et qui, trop tard, hélas ! a deſſillé mes yeux,
Te remet dans mes bras, pour nous perdre tous deux.

EGISTE.

Quel miracle, grands Dieux ! que je ne puis comprendre !

POLIFONTE.

Une telle impoſture a de quoi me ſurprendre.
Vous, ſa mere ? Qui vous, qui demandiez ſa mort ?

EGISTE.

Ah ! Si je meurs ſon fils, je rens grace à mon ſort.

MEROPE.

Je ſuis ſa mere. Hélas ! mon amour m'a trahie.
Oui, tu tiens dans tes mains le ſecret de ma vie :
Tu tiens le fils des Dieux, enchaîné devant toi,
L'héritier de Cresfonte, & ton maître, & ton Roi.
Tu peux, ſi tu le veux, m'accuſer d'impoſture :
Ce n'eſt pas aux tyrans à ſentir la nature.
Ton cœur, nourri de ſang, n'en peut être frappé.
Oui, c'eſt mon fils, te dis-je, au carnage échappé.

POLIFONTE.

Que prétendez-vous dire, & ſur quelles alarmes ?

EGISTE.

Va, je me croi ſon fils ; mes preuves ſont ſes larmes ;

Mes sentimens, mon cœur par la gloire animé,
Mon bras, qui t'eût puni s'il n'étoit désarmé.

POLIFONTE.

Ta rage, auparavant, sera seule punie.
C'est trop.

MÉROPE *se jettant à ses genoux.*

Commencez donc par m'arracher la vie:
Ayez pitié des pleurs dont mes yeux sont noyés.
Que vous faut-il de plus? Mérope est à vos pieds;
Mérope les embrasse, & craint votre colere.
A cet effort affreux jugez si je suis mere;
Jugez de mes tourmens: ma détestable erreur,
Ce matin, de mon fils, alloit percer le cœur.
Je pleure, à vos genoux, mon crime involontaire.
Cruel! Vous qui vouliez lui tenir lieu de pere,
Qui deviez protéger ses jours infortunés;
Le voilà devant vous, & vous l'assassinez?
Son pere est mort, hélas! par un crime funeste.
Sauvez le fils, je puis oublier tout le reste.
Sauvez le sang des Dieux & de vos souverains:
Il est seul sans défense, il est entre vos mains.
Qu'il vive, & c'est assez. Heureuse en mes miséres!
Lui seul il me rendra mon époux & ses freres.
Vous voyez, avec moi, ses ayeux à genoux,
Votre Roi dans les fers.

EGISTE.

O Reine, levez-vous;
Et daignez me prouver que Cresfonte est mon pere,
En cessant d'avilir & sa veuve, & ma mere.
Je sçai peu, de mes droits, quelle est la dignité;
Mais le Ciel m'a fait naître avec trop de fierté,
Avec un cœur trop haut, pour qu'un tyran l'abaisse.
De mon premier état j'ai bravé la bassesse,
Et mes yeux du présent ne sont point éblouis;
Je me sens né des Rois, je me sens votre fils.
Hercule, ainsi que moi, commença sa carriere;
Il connut l'infortune en ouvrant la paupiere;

Et les Dieux l'ont conduit à l'immortalité,
Pour avoir, comme moi, vaincu l'adverſité.
S'il m'a tranſmis ſon ſang, j'en aurai le courage.
Mourir digne de vous, voilà mon héritage.
Ceſſez de le prier, ceſſez de démentir
Le ſang des demi-Dieux dont on me fait ſortir.

POLIFONTE *à Mérope.*

Eh bien, il faut ici nous expliquer ſans feinte.
Je prens part aux douleurs dont vous êtes atteinte.
Son courage me plaît; je l'eſtime, & je crois
Qu'il mérite en effet d'être du ſang des Rois.
Mais une vérité d'une telle importance,
N'eſt pas de ces ſecrets qu'on croit ſans évidence.
Je le prens ſous ma garde; il m'eſt déja remis;
Et s'il eſt né de vous, je l'adopte pour fils.

EGISTE.

Vous, m'adopter?

ME'ROPE.

Hélas!

POLIFONTE.

Réglez ſa deſtinée.
Vous achetiez ſa mort avec mon hymenée.
La vengeance, à ce point, a pû vous captiver.
L'amour fera-t'il moins, quand il faut le ſauver?

ME'ROPE.

Quoi, Barbare!

POLIFONTE.

Madame, il y va de ſa vie.
Votre ame, en ſa faveur, paroît trop attendrie,
Pour vouloir expoſer à mes juſtes rigueurs,
Par d'imprudens refus, l'objet de tant de pleurs.

ME'ROPE.

Seigneur, que de ſon ſort il ſoit du moins le maître.
Daignez.

POLIFONTE.

C'eſt votre fils, Madame, ou c'eſt un traître.
Je dois m'unir à vous pour lui ſervir d'appui,

Ou je dois me venger, & de vous, & de lui.
C'est à vous d'ordonner sa grace ou son supplice.
Vous êtes, en un mot, sa mere ou sa complice.
Choisissez; mais sçachez qu'au sortir de ces lieux,
Je ne vous en croirai qu'en présence des Dieux.
Vous, soldats, qu'on le garde; & vous, que l'on me suive.

(*à Mérope.*)

Je vous attens; voyez si vous voulez qu'il vive.
Déterminez d'un mot mon esprit incertain;
Confirmez sa naissance, en me donnant la main.
Votre seule réponse, ou le sauve, ou l'opprime.
Voilà mon fils, Madame, ou voilà ma victime.
Adieu.

MÉROPE.

Ne m'ôtez pas la douceur de le voir;
Rendez-le à mon amour, à mon vain désespoir.

POLIFONTE.

Vous le verrez au temple.

EGISTE, *que les soldats emmenent.*

O Reine auguste & chere!
O vous, que j'ose à peine encor nommer ma mere!
Ne faites rien d'indigne, & de vous, & de moi:
Si je suis votre fils, je sçai mourir en Roi.

SCENE III.

MÉROPE *seule.*

CRuels, vous l'enlevez; en vain je vous implore;
Je ne l'ai donc revû que pour le perdre encore!
Pourquoi m'exauciez-vous, ô Dieu trop imploré?
Pourquoi rendre à mes vœux ce fils tant désiré?
Vous l'avez arraché d'une terre étrangere,

Victime réservée au bourreau de son pere.
Ah! Privez-moi de lui, cachez ses pas errans
Dans le fond des déserts, à l'abri des tyrans.

SCENE IV.

ME'ROPE, NARBAS, EURICLE'S.

ME'ROPE.

SÇais-tu l'excès d'horreur où je me vois livrée?

NARBAS.

Je sçai que de mon Roi la perte est assurée;
Que déja, dans les fers, Egiste est retenu;
Qu'on observe mes pas.

ME'ROPE.

C'est moi qui l'ait perdu.

NARBAS.

Vous!

ME'ROPE.

J'ai tout révelé; mais, Narbas, quelle mere,
Prête à perdre son fils, peut le voir & se taire?
J'ai parlé; ç'en est fait; & je dois, désormais,
Réparer ma foiblesse, à force de forfaits.

NARBAS.

Quel forfait dites-vous?

SCENE V.

MÉROPE, NARBAS, EURICLÉS, ISMENIE.

ISMENIE.

Voici l'heure, Madame,
Qu'il vous faut rassembler les forces de votre ame.
Un vain peuple, qui vole après la nouveauté,
Attend votre hymenée avec avidité.
Le tyran régle tout ; il semble qu'il apprête
L'appareil du carnage, & non pas d'une fête.
Par l'or de ce tyran, le Grand-Prêtre inspiré,
A fait parler le Dieu dans son temple adoré.
Au nom de vos ayeux, & du Dieu qu'il atteste,
Il vient de déclarer cette union funeste.
Polifonte, dit-il, a reçu vos sermens ;
Messene en est témoin ; les Dieux en sont garans ;
Le peuple a répondu par des cris d'allegresse ;
Et ne soupçonnant pas le chagrin qui vous presse,
Il célébre, à genoux, cet hymen plein d'horreur :
Il benit le tyran qui vous perce le cœur.

MÉROPE.

Et mes malheurs, encor, font la publique joie !

NARBAS.

Pour sauver votre fils, quelle funeste voie !

MÉROPE.

C'est un crime effroyable, & déja tu frémis.

NARBAS.

Mais c'en est un plus grand, de perdre votre fils.

MÉROPE.

Eh bien, le désespoir m'a rendu mon courage.
Courons tous vers le temple où m'attend mon outrage.

Montrons mon fils au peuple ; & plaçons-le à leurs yeux,
Entre l'autel & moi, sous la garde des Dieux.
Il est né de leur sang, ils prendront sa défense ;
Ils ont assez long-tems trahi son innocence.
De son lâche assassin je peindrai les fureurs ;
L'horreur & la vengeance empliront tous les cœurs.
Tyrans, craignez les cris & les pleurs d'une mere.
On vient. Ah ! Je frissonne. Ah ! Tout me désespere.
On m'appelle, & mon fils est au bord du cercueil ;
Le tyran peut encor l'y plonger d'un coup d'œil.

(*Aux Sacrificateurs.*)

Ministres rigoureux du monstre qui m'opprime,
Vous venez à l'autel entraîner la victime.
O vengeance ! O tendresse ! O nature ! O devoir !
Qu'allez-vous ordonner d'un cœur au désespoir ?

Fin du quatriéme Acte.

ACTE V.

SCENE PREMIERE.

EGISTE, NARBAS, EURICLE'S.

NARBAS.

Le tyran nous retient au Palais de la Reine;
Et notre destinée est encor incertaine.
Je tremble pour vous seul. Ah, mon Prince!
Ah, mon fils!
Souffrez qu'un nom si doux me soit encor permis.
Ah! Vivez. D'un tyran désarmez la colere;
Conservez une tête, hélas! si nécessaire;
Si long-tems menacée, & qui m'a tant coûté.

EURICLE'S.

Songez que, pour vous seul abaissant sa fierté,
Mérope de ses pleurs daigne arroser encore
Les parricides mains d'un tyran qu'elle abhore.

EGISTE.

D'un long étonnement à peine revenu,
Je crois renaît.e ici dans un monde inconnu.
Un nouveau sang m'anime, un nouveau jour m'éclaire.
Qui, moi, né de Mérope? Et Cresfonte est mon pere?
Son assassin triomphe; il commande, & je sers?
Je suis le sang d'Hercule, & je suis dans les fers?

NARBAS.

NARBAS.

Plût aux Dieux, qu'avec moi, le petit-fils d'Alcide,
Fût encor inconnu dans les champs de l'Elide!

EGISTE.

Eh, quoi! Tous les malheurs aux humains réservés;
Faut-il, si jeune encor, les avoir éprouvés?
Les ravages, l'exil, la mort, l'ignominie,
Dès ma premiere aurore, ont assiégé ma vie.
De déserts en déserts, errant, persécuté,
J'ai langui dans l'opprobre & dans l'obscurité.
Le Ciel sçait cependant si, parmi tant d'injures;
J'ai permis à ma voix d'éclater en murmures.
Malgré l'ambition qui dévoroit mon cœur,
J'embrassai les vertus qu'exigeoit mon malheur.
Je respectai, j'aimai jusqu'à votre misere;
Je n'aurois point, aux Dieux, demandé d'autre pere.
Ils m'en donnent un autre, & c'est pour m'outrager.
Je suis fils de Cresfonte, & ne puis le venger.
Je retrouve une mere, un tyran me l'arrache;
Un détestable hymen à ce monstre l'attache.
Je maudis, dans vos bras, le jour où je suis né;
Je maudis le secours que vous m'avez donné.
Ah, mon pere! Ah! Pourquoi, d'une mere égarée;
Reteniéz-vous tantôt la main désesperée?
Mes malheurs finissoient, mon sort étoit rempli.

NARBAS.

Ah! Vous êtes perdu: le tyran vient ici.

SCENE II.

POLIFONTE, EGISTE, NARBAS, EURICLÈS, GARDES.

POLIFONTE.

(Ils s'éloignent un peu.)*

RÉtirez-vous* ; & toi, dont l'aveugle jeunesse
Inspire une pitié qu'on doit à la foiblesse :
Ton Roi veut bien encor, pour la derniere fois,
Permettre à tes destins de changer à ton choix.
Le présent, l'avenir, & jusqu'à ta naissance,
Tout ton être, en un mot, est dans ma dépendance.
Je puis, au plus haut rang, d'un seul mot t'élever,
Te laisser dans les fers, te perdre, ou te sauver.
Elevé loin des Cours, & sans expérience,
Laisse-moi gouverner ta farouche imprudence.
Crois-moi, n'affecte point, dans ton sort abattu,
Cet orgueil dangereux que tu prens pour vertu.
Si dans un rang obscur le destin t'a fait naître,
Conforme à ton état, sois humble avec ton maître.
Si le hazard heureux t'a fait naître d'un Roi,
Rens-toi digne de l'être, en commandant sous moi.
Une Reine, en ces lieux, te donne un grand exemple ;
Elle a subi mes loix, & marche vers le temple.
Suis ses pas & les miens : viens, aux pieds de l'autel,
Me jurer, à genoux, un hommage éternel.
Puisque tu crains les Dieux, atteste leur puissance ;
Prens-les tous à témoin de ton obéissance.
La porte des grandeurs est ouverte pour toi.
Un refus te perdra ; choisis, & répons-moi.

EGISTE.

Tu me vois désarmé ; comment puis-je répondre ?
Tes discours, je l'avoue, ont de quoi me confondre ;
Mais rens-moi seulement ce glaive que tu crains ;
Ce fer que ta prudence écarte de mes mains :
Je répondrai pourlors, & tu pourras connaître,
Qui de nous deux, perfide, est l'esclave ou le maître ;
Si c'est à Polifonte à régler mes destins ;
Et si le fils des Rois punit les assassins.

POLIFONTE.

Foible & fier ennemi, ma bonté t'encourage :
Tu me crois assez grand pour oublier l'outrage,
Pour ne m'avilir pas jusqu'à punir en toi,
Un esclave inconnu qui s'attaque à son Roi.
Eh bien, cette bonté, qui s'indigne & se lasse,
Te donne un seul moment pour obtenir ta grace.
Je t'attens aux autels, & tu peux y venir.
Viens recevoir la mort, ou jurer d'obéir.
Gardes, auprès de moi vous pourrez l'introduire ;
Qu'aucun autre ne sorte, & n'ose le conduire.
Vous, Narbas, Euriclés, je le laisse en vos mains.
Tremblez, vous répondrez de ses caprices vains.
Je connois votre haine, & j'en sçai l'impuissance ;
Mais je me fie au moins à votre expérience.
Qu'il soit né de Mérope, ou qu'il soit votre fils,
D'un conseil imprudent sa mort sera le prix.

SCENE III.

EGISTE, NARBAS, EURICLE'S.

EGISTE.

AH ! Je n'en recevrai que du sang qui m'anime.
Hercule, instruis mon bras à me venger du crime ;

Eclaire mon eſprit du ſein des Immortels :
Poliſonte m'appelle aux pieds de tes autels ;
Et j'y cours.

NARBAS.

Ah ! Mon Prince, êtes-vous las de vivre ?

EURICLÈS.

Dans ce péril, du moins, ſi nous pouvions vous ſuivre !
Mais laiſſez-nous le tems d'éveiller un parti,
Qui, tout foible qu'il eſt, n'eſt point anéanti.
Souffrez.

EGISTE.

En d'autres tems, mon courage tranquille,
Au frein de vos leçons ſeroit ſouple & docile :
Je vous croirois tous deux : mais, dans un tel malheur,
Il ne faut conſulter que le Ciel & ſon cœur.
Qui ne peut ſe réſoudre, aux conſeils s'abandonne ;
Mais le ſang des Héros ne croit ici perſonne.
Le ſort en eſt jetté... Ciel ! Qu'eſt-ce que je voi ?
Mérope !

SCENE IV.

MÉROPE, EGISTE, NARBAS, EURICLÈS.

MÉROPE.

Le tyran m'oſe envoyer vers toi ;
Ne crois pas que je vive après cette hymenée :
Mais cette honte horrible où je ſuis entraînée,
Je la ſubis pour toi, je me fais cet effort ;
Fais-toi celui de vivre, & commande à ton ſort.
Cher objet des terreurs dont mon ame eſt atteinte :
Toi, pour qui je connois, & la honte, & la crainte ;

Fils des Rois & des Dieux, mon fils, il faut servir.
Pour sçavoir se venger, il faut sçavoir souffrir.
Je sens que ma foiblesse, & t'indigne, & t'outrage;
Je t'en aime encor plus, & je crains davantage.
Mon fils....

EGISTE.

Osez me suivre.

ME'ROPE.

Arrête. Que fais-tu?
Dieux! Je me plains à vous de son trop de vertu.

EGISTE.

Voyez-vous en ces lieux le tombeau de mon pere?
Entendez-vous sa voix? Etes-vous Reine & mere?
Si vous l'êtes, venez.

ME'ROPE.

Il semble que le Ciel
T'éleve, en ce moment, au-dessus d'un mortel.
Je respecte mon sang, je voi le sang d'Alcide.
Ah! Parle: remplis-moi de ce Dieu qui te guide.
Il te presse, il t'inspire. O mon fils! mon cher fils!
Acheve, & rens la force à mes foibles esprits.

EGISTE.

Auriez-vous des amis dans ce temple funeste?

ME'ROPE.

J'en eus, quand j'étois Reine; & le peu qui m'en reste,
Sous un joug étranger, baisse un front abattu;
Le poids de mes malheurs accable leur vertu.
Polifonte est haï, mais c'est lui qu'on couronne:
On m'aime, & l'on me fuit.

EGISTE.

Quoi! Tout vous abandonne?
Ce monstre est à l'autel?

ME'ROPE.

Il m'attend.

EGISTE.

Ses soldats,
A cet autel horrible, accompagnent ses pas?

MÉROPE.

Non : la porte est livrée à leur troupe cruelle ;
Il est environné de la foule infidelle,
Des mêmes courtisans que j'ai vûs autrefois
S'empresser à ma suite, & ramper sous mes loix.
Et moi, de tous les siens à l'autel entourée,
De ces lieux, à toi seul, je peux ouvrir l'entrée.

EGISTE.

Seul je vous y suivrai ; j'y trouverai des Dieux
Qui punissent le meurtre, & qui sont mes ayeux.

MÉROPE.

Ils t'ont trahi quinze ans.

EGISTE.

Ils m'éprouvoient, sans doute.

MÉROPE.

Eh, quel est ton dessein ?

EGISTE.

Marchons, quoiqu'il en coûte.
Adieu, tristes amis ; vous connoîtrez du moins,
Que le fils de Mérope a mérité vos soins.
(*à Narbas, en l'embrassant*)
Tu ne rougiras point, crois-moi, de ton ouvrage ;
Au sang qui m'a formé, tu rendras témoignage.

SCENE V.

NARBAS, EURICLÈS.

NARBAS.

Que va-t'il faire ? Hélas ! Tous mes soins sont trahis ;
Les habiles tyrans ne sont jamais punis.
J'esperois que du tems la main tardive & sûre,
Justifieroit les Dieux, en vengeant leur injure ;

Qu'Egiſte reprendroit ſon Empire uſurpé ;
Mais le crime l'emporte, & je meurs détrompé.
Egiſte va ſe perdre à force de courage :
Il déſobéira ; la mort eſt ſon partage.

EURICLE'S.

Entendez-vous ces cris dans les airs élancés ?

NARBAS.

C'eſt le ſignal du crime.

EURICLE'S.

Ecoutons.

NARBAS.

Frémiſſez.

EURICLE'S.

Sans doute qu'au moment d'épouſer Poliſonte,
La Reine, en expirant, a prévenu ſa honte.
Tel étoit ſon deſſein dans ſon mortel ennui.

NARBAS.

Ah ! Son fils n'eſt donc plus. Elle eût vêcu pour lui.

EURICLE'S.

Le bruit croît ; il redouble ; il vient comme un tonnerre
Qui s'approche en grondant, & qui fond ſur la terre.

NARBAS.

J'entens de tous côtés les cris des combattans ;
Les ſons de la trompette, & les voix des mourans.
Du Palais de Mérope on enfonce la porte.

EURICLE'S.

Ah ! Ne voyez-vous pas cette cruelle eſcorte,
Qui court, qui ſe diſſipe, & qui va loin de nous ?

NARBAS.

Va-t'elle du tyran ſervir l'affreux courroux ?

EURICLE'S.

Autant que mes regards au loin peuvent s'étendre,
On ſe mêle, on combat.

NARBAS.

Quel ſang va-t'on répandre ?

De Mérope & du Roi, le nom remplit les airs.

EURICLÈS.

Graces aux Immortels, les chemins sont ouverts.
Allons voir à l'instant s'il faut mourir ou vivre.

(Il sort.)

NARBAS.

Allons. D'un pas égal que ne puis-je vous suivre!
O Dieux! Rendez la force à ces bras énervés,
Pour le sang de mes Rois, autrefois éprouvés:
Que je donne, du moins, les restes de ma vie.
Hâtons-nous.

SCENE VI.

NARBAS, ISMENIE, PEUPLE.

NARBAS.

Quel spectacle! Est-ce vous, Ismenie?
Sanglante, inanimée, est ce vous que je vois?

ISMENIE.

Ah! Laissez-moi reprendre, & la vie, & la voix.

NARBAS.

Mon fils est-il vivant? Que devient notre Reine?

ISMENIE.

De mon saisissement je reviens avec peine;
Par les flots de ce peuple, entraînée en ces lieux....

NARBAS.

Que fait Egiste?

ISMENIE.

Il est... le digne fils des Dieux,
Egiste! Il a frappé le coup le plus terrible.
Non, d'Alcide jamais la valeur invincible,
N'a, d'un exploit si rare, étonné les humains.

NARBAS.

O mon fils! O mon Roi, qu'ont élevé mes mains!

ISMENIE.

La victime étoit prête, & de fleurs couronnée ;
L'autel étinceloit des flambeaux d'hymenée ;
Polifonte, l'œil fixe, & d'un front inhumain,
Présentoit à Mérope une odieuse main ;
Le Prêtre prononçoit les paroles sacrées ;
Et la Reine, au milieu des femmes éplorées,
S'avançant tristement, tremblante entre mes bras,
Au lieu de l'hymenée, invoquoit le trépas :
Le peuple observoit tout dans un profond silence :
Dans l'enceinte sacrée en ce moment s'avance
Un jeune homme, un Héros semblable aux Immortels :
Il court, c'étoit Egisthe, il s'élance aux autels ;
Il monte, il y saisit d'une main assurée,
Pour les Fêtes des Dieux la hache préparée.
Les éclairs sont moins prompts ; je l'ai vû de mes yeux ;
Je l'ai vû qui frappoit ce monstre audacieux.
Meurs, tyran, disoit il. Dieux, prenez vos victimes.
Erox qui, de son maître a servi tous les crimes,
Erox qui, dans son sang, voit ce monstre nager,
Leve une main hardie, & pense le venger.
Egisthe se retourne enflammé de furie ;
A côté de son maître il le jette sans vie.
Le tyran se releve, il blesse le Héros ;
De leur sang confondu j'ai vû couler les flots.
Déja la Garde accourt avec des cris de rage.
Sa mere . . Ah ! que l'amour inspire de courage !
Quel transport animoit ses efforts & ses pas !
Sa mere.. Elle s'élance au milieu des soldats.
C'est mon fils ; arrêtez, cessez, troupe inhumaine ;
C'est mon fils ; déchirez sa mere, & votre Reine,
Ce sein qui l'a nourri, ces flancs qui l'ont porté.
A ces cris douloureux le peuple est agité.
Un gros de nos amis, que son danger excite,
Entre elle & ses soldats, vole & se précipite.
Vous eussiez vû soudain les autels renversés ;
Dans des ruisseaux de sang leurs débris dispersés ;

Les enfans écrasés dans les bras de leurs meres ;
Les freres méconnus, immolés par leurs freres ;
Soldats, prêtres, amis, l'un sur l'autre expirans ;
On marche, on est porté sur les corps des mourans ;
On veut fuir ; on revient ; & la foule pressée,
D'un bout du temple à l'autre, est vingt fois repoussée.
De ces flots confondus le flux impétueux
Roule, & dérobe Egiste & la Reine à mes yeux.
Parmi les combattans je vole ensanglantée ;
J'interroge, à grands cris, la foule épouvantée.
Tout ce qu'on me répond, redouble mon horreur.
On s'écrie : il est mort, il tombe, il est vainqueur.
Je cours, je me consume, & le peuple m'entraîne,
Me jette en ce Palais, éplorée, incertaine,
Au milieu des mourans, des morts & des débris.
Venez, suivez mes pas, joignez-vous à mes cris.
Venez, j'ignore encor si la Reine est sauvée ;
Si de son digne fils la vie est conservée ;
Si le tyran n'est plus. Le trouble, la terreur,
Tout ce désordre horrible est encor dans mon cœur.

NARBAS.

Arbitre des humains, Divine Providence,
Acheve ton ouvrage, & soutiens l'innocence :
A nos malheurs passés, mesure tes bienfaits,
O Ciel ! conserve Egiste, & que je meure en paix.
Ah ! Parmi ces soldats ne vois-je point la Reine ?

SCENE VII.

ME'ROPE, ISMENIE, NARBAS, PEUPLE, SOLDATS.

(On voit dans le fond du Téatre le corps de Polifonte couvert d'une robe ſanglante.)

MEROPE.

Guerriers, prêtres, amis, citoyens de Meſſene,
Au nom des Dieux vengeurs, peuples, écoutez-moi.
Je vous le jure encor, Egiſte eſt votre Roi:
Il a puni le crime, il a vengé ſon pere.
Celui que vous voyez traîné ſur la pouſſiere,
C'eſt un monſtre ennemi des Dieux & des humains:
Dans le ſein de Cresfonte il enfonça ſes mains.
Cresfonte mon époux, votre appui, votre maître;
Mes deux fils, ſont tombés ſous les coups de ce traître.
Il opprimoit Meſſene, il uſurpoit mon rang;
Il m'offroit une main fumante de mon ſang.
(en courant vers Egiſte qui arrive la hache à la main.)
Celui que vous voyez, vainqueur de Polifonte,
C'eſt le fils de vos Rois, c'eſt le ſang de Cresfonte;
C'eſt le mien, c'eſt le ſeul qui reſte à ma douleur.
Quels témoins voulez-vous plus certains que mon cœur?
Regardez ce vieillard, c'eſt lui dont la prudence,
Aux mains de Polifonte arracha ſon enfance.
Les Dieux ont fait le reſte.

NARBAS.

Oui, j'atteſte ces Dieux,
Que c'eſt là votre Roi qui combattoit pour eux.

EGISTE.

Amis, pouvez-vous bien méconnoître une mere?
Un fils qu'elle défend, un fils qui venge un pere?
Un Roi vengeur du crime?

MÉROPE.

Et si vous en doutez,
Reconnoissez mon fils aux coups qu'il a portez,
A votre délivrance, à son ame intrépide.
Eh! Quel autre, jamais, qu'un descendant d'Alcide,
Nourri dans la misere, à peine en son Printems,
Eût, pour son coup d'essai, renversé les tyrans?
Il soutiendra son peuple, il vengera la terre.
Ecoutez: le Ciel parle; entendez son tonnerre:
Sa voix, qui se déclare & se joint à mes cris,
Sa voix rend témoignage, & dit qu'il est mon fils.

SCENE DERNIERE.

MÉROPE, EGISTE, ISMENIE, NARBAS, EURICLÈS, PEUPLE.

EURICLÈS.

AH! Montrez vous, Madame, à la Ville calmée.
Du retour de son Roi la nouvelle semée,
Volant de bouche en bouche, a changé les esprits.
Nos amis ont parlé, les cœurs sont attendris,
Le peuple impatient verse des pleurs de joye;
Il adore le Roi que le Ciel lui renvoye;
Il bénit votre fils, il bénit votre amour;
Il consacre, à jamais, ce redoutable jour.
Chacun veut contempler son auguste visage;
On veut revoir Narbas; on veut vous rendre hommage.

Le nom de Polifonte est par-tout abhorré.
Celui de votre fils, le vôtre est adoré.
O Roi! venez jouir du prix de la victoire:
Ce prix est notre amour; il vaut mieux que la gloire.

EGISTE.

Elle n'est point à moi: cette gloire est aux Dieux.
Ainsi que le bonheur, la vertu nous vient d'eux.
Allons monter au trône, en y plaçant ma mere;
Et vous, mon cher Narbas, soyez toujours mon pere.

FIN.

PIECES FUGITIVES DE LITTERATURE.

LETTRE SUR L'ESPRIT.

ON consultoit un jour un Homme, qui avoit quelque connoissance du cœur humain, sur une Tragédie qu'on devoit représenter : il répondit qu'il y avoit tant d'esprit dans cette Piéce, qu'il doutoit de son succès. Quoi! dira-t'on, est-ce là un défaut dans un tems où tout le monde veut en avoir ; où l'on n'écrit que pour montrer qu'on en a ; où le Public applaudit même aux pensées les plus fausses, quand elles sont brillantes ! Oui, sans doute, on applaudira le premier jour, & on s'ennuyera le second.

Ce qu'on appelle esprit, est tantôt une comparaison nouvelle, tantôt une allusion fine : ici l'abus d'un mot qu'on présente dans un sens, & qu'on laisse entendre dans un autre ; là un rapport délicat entre deux idées peu communes : c'est une métaphore singuliere ; c'est une recherche de ce qu'un objet ne préfente pas d'abord, mais de ce qui est en effet dans lui ; c'est l'art, ou de réunir deux choses éloignées, ou de diviser deux choses qui paroissent se joindre, ou de les opposer l'une à l'autre ; c'est celui de ne dire qu'à moitié sa pensée pour la laisser deviner. Enfin, je vous parlerois de toutes les différentes façons de montrer de l'esprit, si j'en avois davantage.

Mais tous ces brillans (& je ne parle pas des faux brillans) ne conviennent point, ou conviennent fort rarement à un Ouvrage sérieux, & qui doit intéresser. La raison en est, qu'alors c'est l'Auteur qui paroît, & que le Public ne veut voir que le Héros. Or ce Héros est toujours, ou dans la passion, ou en danger. Le danger & les passions ne cherchent point l'esprit. Priam & Hécube ne font point d'Epigrammes, quand leurs enfans sont égorgés dans Troye embrasée : Didon ne soupire point en Madrigaux, en volant au bucher sur lequel elle va s'immoler : Demosthenes n'a point de jolies pensées, quand il anime les Athéniens à la guerre ; s'il en avoit, il seroit un Rétheur, & il est un Homme d'Etat.

L'art de l'admirable Racine est bien au-dessus de ce qu'on appelle esprit ; mais si Pirrhus s'exprimoit toujours dans ce stile :

Vaincu, chargé de fers, de regrets consumé ;
Brûlé de plus de feux que je n'en allumai,
Hélas ! fus-je jamais si cruel que vous l'êtes ?

Si Oreſte continuoit dans ce goût,

Que les Scythes ſont moins cruels qu'Hermione.

Ces deux Perſonnages ne toucheroient point du tout : on s'appercevroit que la vraie paſſion s'occupe rarement de pareilles comparaiſons, & qu'il y a peu de proportion entre les feux réels dont Troye fut conſumée, & les feux de l'amour de Pirrhus ; entre les Scythes qui immolent des hommes, & Hermione qui n'aime point Oreſte. Cinna dit, en parlant de Pompée :

Le Ciel choiſit ſa mort, pour ſervir dignement
D'une marque éternelle à ce grand changement ;
Et devoit cet honneur aux manes d'un tel homme,
D'emporter avec eux la liberté de Rome.

Cette penſée a un très-grand éclat : il y a là beaucoup d'eſprit, & même un air de grandeur qui impoſe. Je ſuis ſûr que ces Vers prononcés avec l'enthouſiaſme & l'art d'un bon Acteur, ſeront applaudis ; mais je ſuis ſûr que la Piéce de Cinna, écrite toute dans ce goût, n'auroit jamais été jouée long-tems.

En effet, pourquoi le Ciel devoit-il faire l'honneur à Pompée, de rendre les Romains eſclaves après ſa mort ? Le contraire ſeroit plus vrai : les manes de Pompée devroient plûtôt obtenir du Ciel, le maintien éternel de cette liberté pour laquelle on ſuppoſe qu'il combattit & qu'il mourut.

Que ſeroit-ce donc qu'un Ouvrage rempli de penſées recherchées & problématiques ? Combien ſont ſupérieures à toutes ces idées brillantes, ces Vers ſimples & naturels ?

Cinna, tu t'en ſouviens, & veux m'aſſaſſiner !
Soyons amis, Cinna, c'eſt moi qui t'en convie.

Ce n'eſt pas ce qu'on appelle eſprit : c'eſt le ſublime & le ſimple qui ſont la vraie beauté.

Que dans Rodogune, Antiochus diſe de ſa maîtreſſe qui le quitte, après lui avoir indignement propoſé de tuer ſa mere :

Elle fuit, mais en Parthe, en nous perçant le cœur.

Antiochus a de l'eſprit ; c'eſt faire une Epigramme contre Rodogune ; c'eſt comparer ingénieuſement les dernieres paroles, qu'elle dit en s'en allant, aux fléches que les Parthes lançoient en fuyant. Mais ce n'eſt pas parce que ſa maîtreſſe s'en va, que la propoſition, de tuer ſa mere, eſt révoltante : qu'elle ſorte, ou qu'elle demeure, Antiochus a également le cœur percé. L'Epigramme eſt donc fauſſe ; & ſi Rodogune ne ſortoit pas, cette mauvaiſe Epigramme ne pouvoit plus trouver place.

Je choiſis exprès ces exemples dans les meilleurs Auteurs, afin qu'ils ſoient plus frappans ; & je ne releve pas dans eux ces pointes & ces jeux de mots dont on ſent le faux aiſément. Il n'y a perſonne qui ne rie, quand, dans la Tragédie de Médée, ſa Rivale lui dit, en faiſant alluſion à ſes ſortiléges :

Je n'ai que des attraits, & vous avez des charmes.

Corneille trouva le Téatre, & tous les genres de littérature, infectés de ces puerilités, qu'il ſe permit rarement. Je ne veux parler ici que de ces traits d'eſprit qui ſeroient admis ailleurs, & que le genre ſérieux réprouve. On pourroit appliquer à leurs auteurs, ce mot de Plutarque traduit avec cette heureuſe naïveté d'Amiot : *Tu tiens, ſans propos, beaucoup de bons propos.*

Il me revient dans la mémoire un de ces traits brillans, que j'ai vû citer, comme un modéle, dans beaucoup d'ouvrages de goût, & même dans le Traité des Etudes de feu M. Rollin. Ce morceau eſt tiré de la belle Oraiſon funébre du grand Turenne, compoſée par Fléchier. Il eſt vrai que, dans cette Oraiſon, Fléchier égala preſque le ſublime Boſſuet, que j'ai appellé, & que j'appelle encore le ſeul Orateur éloquent parmi tant d'Ecrivains élégans ; mais il me ſemble que le trait dont je parle, n'eût pas été employé par l'Evêque de Meaux. Le voici. „ Puiſſances „ ennemies de la France, vous vivez, & l'eſ„ prit de la charité chrétienne m'interdit de „ faire aucun ſouhait pour votre mort, &c.

„ mais vous vivez , & je plains dans cette
„ chaire un vertueux Capitaine dont les inten-
„ tions étoient pures, &c.

Une apoſtrophe dans ce goût eût été convenable à Rome dans la guerre civile, après l'aſſaſſinat de Pompée ; ou dans Londres, après le meurtre de Charles Premier, parce qu'en effet il s'agiſſoit des intérêts de Pompée & de Charles Premier. Mais eſt-il décent de ſouhaiter adroitement en chaire la mort de l'Empereur, du Roi d'Eſpagne & des Electeurs, & de mettre en balance avec eux, le Général d'Armée d'un Roi leur ennemi ? Les intentions d'un Capitaine, qui ne peuvent être que de ſervir ſon Prince, doivent-elles être comparées avec les intérêts politiques des têtes couronnées contre leſquelles il ſervoit ? Que diroit-on d'un Allemand qui eût ſouhaité la mort au Roi de France, à propos de la perte du Général Mercy dont les intentions étoient pures ?

Pourquoi donc ce paſſage a-t'il toujours été loué par tous les Rhéteurs ? C'eſt que la figure eſt en elle-même belle & patétique ; mais ils n'examinoient point le fond & la convenance de la penſée. Plutarque eût dit à Fléchier : *Tu as tenu, ſans propos, un très-beau propos.*

Je reviens à mon paradoxe, que tous ces brillans auſquels on donne le nom d'eſprit, ne doivent point trouver place dans les grands ouvrages, faits pour instruire ou pour toucher : je dirai même qu'ils doivent être bannis de l'Opera. La musique exprime les passions, les sentimens, les images : mais où sont les accords qui peuvent rendre une Epigramme? Quinault étoit quelquefois négligé, mais il étoit toujours naturel.

De tous nos Opera, celui qui est le plus orné, ou plûtôt accablé de cet esprit Epigrammatique, est le Ballet du Triomphe des Arts, composé par un homme aimable, qui pensa toujours finement, & qui s'exprima de même, mais qui, par l'abus de ce talent, contribua un peu à la décadence des Lettres, après les beaux jours de Louis XIV.

L'Amour, dans ce Ballet, dispute avec Apollon, l'honneur d'être le Dieu des Arts. Apollon s'exprime ainsi, en parlant de cette prétention de l'Amour :

» Mais l'honneur dont il veut relever ma puissance,
» Appartient, comme à nous, au Héros de la France.
» Laissons en le partage à cet auguste Roi ;
» Les Arts lui doivent plus qu'à l'Amour ni qu'à moi.

Cette idée est, me semble, ingénieuse ; mais il faut d'abord se donner la peine d'interpréter le premier Vers, qui veut dire : *L'Amour me fait beaucoup d'honneur, de vouloir, comme moi, être le Dieu des Arts* ; & ensuite, quand cette pensée est expliquée, je croi que le plus habile Musicien auroit de la peine à faire sur ces paroles une musique agréable.

Dans ce même Ballet, où Pigmalion anime sa Statue, il lui dit :

Vos premiers mouvemens ont été de m'aimer.

Je me souviens d'avoir entendu admirer ce Vers, dans ma jeunesse, par quelques personnes : mais qui ne voit que les mouvemens du corps de la Statue sont ici confondus avec les mouvemens du cœur, & que dans aucun sens la phrase n'est Française ; que c'est, en effet, une pointe, une plaisanterie ? Comment se pouvoit-il faire, qu'un homme, qui avoit tant d'esprit, n'en eût pas assez pour retrancher ces fautes éblouissantes ?

Ces jeux de l'imagination, ces finesses, ces tours, ces traits saillans, ces gayetés, ces petites sentences coupées, ces familiarités ingénieuses qu'on prodigue aujourd'hui, ne conviennent qu'aux petits ouvrages de pur agrément. La façade du Louvre de Perrault est simple & majestueuse. Un cabinet peut recevoir, avec grace, de petits ornemens. Ayez autant d'esprit que vous voudrez, ou que vous pourrez, dans un Madrigal, dans des Vers légers,

légers, dans une Scene de Comédie qui ne sera ni passionnée, ni naïve, dans un compliment, dans un petit Roman, dans une Lettre où vous vous égayerez pour égayer vos amis.

Loin que j'aye reproché à Voiture d'avoir mis de l'esprit dans ses Lettres; j'ai trouvé, au contraire, qu'il n'en avoit pas assez, quoiqu'il le cherchât toujours. On dit que les Maîtres à danser font mal la révérence, parce qu'ils la veulent trop bien faire. J'ai crû que Voiture étoit souvent dans ce cas; ses meilleures Lettres sont étudiées; on sent qu'il se fatigue, pour trouver ce qui se présente si naturellement au Comte Antoine Hamilton, à Madame de Sevigné, & à tant d'autres Dames qui écrivent, sans effort, ces bagatelles, mieux que Voiture ne les écrivoit avec peine.

Despréaux, qui avoit osé comparer Voiture à Horace, dans ses premieres Satyres, changea d'avis quand son goût fut meuri par l'âge. Je sçai qu'il importe très-peu aux affaires de ce monde, que Voiture soit, ou ne soit pas un grand génie, qu'il y ait fait seulement quelques jolies Lettres, ou que toutes ses plaisanteries soient des modéles. Mais pour nous autres qui cultivons les arts, & qui les aimons, nous portons une vûe attentive sur ce qui est assez indifférent au reste du monde. Le bon goût est pour nous, en littérature, ce qu'il eſt pour les femmes en ajuſtemens; & pourvû qu'on ne faſſe pas de ſon opinion une affaire de parti, il me ſemble qu'on peut dire hardiment qu'il y a dans Voiture peu de choſes excellentes, & que Marot ſeroit aiſément réduit à peu de pages.

Ce n'eſt pas qu'on veuille leur ôter leur réputation; c'eſt, au contraire, qu'on veut ſçavoir bien au juſte, ce qui leur a valu cette réputation qu'on reſpecte, & quelles ſont les vraies beautés qui ont fait paſſer leurs défauts. Il faut ſçavoir ce qu'on doit ſuivre & ce qu'on doit éviter; c'eſt là le véritable fruit d'une étude approfondie des belles Lettres; c'eſt ce que faiſoit Horace, quand il examinoit Lucilius en critique. Horace ſe fit par-là des ennemis, mais il éclaira ſes ennemis mêmes.

Cette envie de briller, & de dire d'une maniere nouvelle ce que les autres ont dit, eſt la ſource des expreſſions nouvelles, comme des penſées recherchées.

Qui ne peut briller par une penſée, veut ſe faire remarquer par un mot. Voilà pourquoi on a voulu, en dernier lieu, ſubſtituer *amabilités* au mot d'*agrémens*, *négligemment* à *négligence*, *badiner les amours*, à *badiner avec les amours*. On a cent autres affectations de cette eſpéce. Si on continuoit ainſi, la Langue des Boſſuets, des Racines, des Paſcals, des Corneilles, des Boileaux, des Fenelons, deviendroit bien-tôt ſurannée. Pourquoi éviter une expreſſion qui eſt d'uſage, pour en introduire une qui dit préciſement la même choſe ? Un mot nouveau n'eſt pardonnable, que quand il eſt abſolument néceſſaire, intelligible & ſonore; on eſt obligé d'en créer en Phyſique : une nouvelle découverte, une nouvelle machine, exigent un nouveau mot. Mais fait-on de nouvelles découvertes dans le cœur humain ? Y a-t'il une autre grandeur que celle de Corneille & de Boſſuet ? Y a-t'il d'autres paſſions que celles qui ont été maniées par Racine, & effleurées par Quinault ? Y a-t'il une autre Morale Evangélique que celle du Pere Bourdaloue ?

Ceux qui accuſent notre Langue de n'être pas aſſez féconde, doivent, en effet, trouver de la ſtérilité, mais c'eſt dans eux-mêmes.

Rem verba ſequuntur.

Quand on eſt bien pénetré d'une idée, quand un eſprit juſte, & plein de chaleur, poſſéde bien ſa penſée, elle ſort de ſon cerveau, toute ornée des expreſſions convenables, comme Minerve ſortit, toute armée, du cerveau de Jupiter.

Je ſens que cette comparaiſon pourroit être déplacée ailleurs, mais vous la pardonnerez dans une Lettre. Enfin, la concluſion de tout ceci eſt, qu'il ne faut rechercher, ni les penſées, ni les tours, ni les expreſſions, & que l'art, dans tous les grands ouvrages, eſt de bien raiſonner, ſans trop faire d'argumens; de bien peindre, ſans vouloir tout peindre; d'émouvoir, ſans vouloir toujours exciter les paſſions.

Je donne ici de beaux conſeils, ſans doute. Les ai-je pris pour moi-même? Hélas! non.

Pauci, quos æquus amavit
Jupiter, aut ardens evexit ad æthera virtus,
Diis genti potuere.

NOUVELLES CONSIDERATIONS SUR L'HISTOIRE.

PEUT-ESTRE arrivera-t'il bien-tôt, dans la maniere d'écrire l'Hiſtoire, ce qui eſt arrivé dans la Phyſique. Les nouvelles découvertes ont fait proſcrire les anciens ſyſtèmes. On voudra connoître le genre humain, dans ce détail intéreſſant, qui fait aujourd'hui la baſe de la Philoſophie naturelle.

On commence à reſpecter très-peu l'avanture de Curtius, qui referma un gouffre, en ſe précipitant au fond, lui & ſon cheval: on ſe mocque des Bouciiers deſcendus du Ciel; & de tous les beaux Taliſmans dont les Dieux faiſoient préſent ſi libéralement aux hommes; & des Veſtales qui mettoient un Vaiſſeau à flot avec leur ceinture; & de toute cette foule de ſottiſes célébres, dont les anciens Hiſtoriens regorgent. On n'eſt guéres plus content que, dans ſon Hiſtoire ancienne, un fameux Rhéteur nous parle ſérieuſement du Roi Nabis, qui faiſoit embraſſer ſa femme par ceux qui lui apportoient de l'argent, & qui mettoit ceux qui lui en refuſoient dans les bras d'une belle Poupée, toute semblable à la Reine, & armée de pointes de fer sous son corps de juppe. On rit quand on voit tant d'Auteurs répéter les uns après les autres, que le fameux Otton, Archevêque de Mayence, fut assiegé & mangé par une armée de rats en 968 ; que des pluyes de sang inonderent la Gascogne en 1017 ; que deux armées de serpens se battirent près de Tournay en 1059. Les prodiges, les prédictions, les épreuves par le feu, &c. sont à présent dans le même rang que les contes d'Hérodote.

Je veux parler ici de l'Histoire moderne, dans laquelle on ne trouve ni Poupées qui embrassent les Courtisans, ni Evêques mangés par les rats.

On a grand soin de dire quel jour s'est donné une bataille, & on a raison. On imprime les Traités, on décrit la pompe d'un Couronnement, la cérémonie de la reception d'une Barette, & même l'entrée d'un Ambassadeur, dans laquelle on n'oublie ni son Suisse, ni ses Laquais. Il est bon qu'il y ait des archives de tout, afin qu'on puisse les consulter dans le besoin ; & je regarde à présent tous les gros Livres, comme des Dictionnaires : mais après avoir lû trois ou quatre mille descriptions de batailles, & la teneur de quelques centaines de Traités, j'ai trouvé que je n'étois guéres au fond plus instruit. Je n'apprenois là que des événemens. Je ne connois pas plus les Français & les Sarrazins, par la bataille de Charles Martel, que je ne connois les Tartares & les Turcs, par la victoire que Tamerlan remporta sur Bazajet. J'avoue que, quand j'ai lû les Mémoires du Cardinal de Retz, & de Madame de Motteville, je sçai ce que la Reine-Mere a dit, mot pour mot, à M. de Jersay; j'apprends comment le Coadjuteur a contribué aux barricades; je peux me faire un précis des longs discours qu'il tenoit à Madame de Bouillon. C'est beaucoup pour ma curiosité : c'est, pour mon instruction, très-peu de chose.

Il y a des Livres qui m'apprennent les Anecdotes vrayes ou fausses d'une Cour. Quiconque a vû les Cours, ou a eu envie de les voir, est aussi avide de ces illustres bagatelles, qu'une femme de Province aime à sçavoir les nouvelles de sa petite Ville. C'est au fond la même chose & le même mérite. On s'entretenoit sous Henry IV. des anecdotes de Charles IX. On parloit encore de M. le Duc de Bellegarde dans les premieres années de Louis XIV. Toutes ces petites mignatures se conservent une génération ou deux, & périssent ensuite pour jamais.

On néglige, cependant, pour elles des connoissances d'une utilité plus sensible & plus durable. Je voudrois apprendre quelles étoient les forces d'un Pays avant une guerre, & si cette guerre les a augmentées ou diminuées : l'Espagne a-t'elle été plus riche avant la conquête du nouveau monde, qu'aujourd'hui ? De combien étoit-elle plus peuplée du tems de Charles-Quint, que sous Philippe IV ? Pourquoi Amsterdam contenoit-elle à peine vingt mille ames, il y a deux cens ans ? Pourquoi a-t'elle aujourd'hui deux cens quarante mille Habitans ? Et comment le sçait-on positivement ? De combien l'Angleterre est-elle plus peuplée, qu'elle ne l'étoit sous Henry VIII ? Seroit-il vrai, ce qu'on dit dans les Lettres Persannes, que les hommes manquent à la terre, & qu'elle est dépeuplée, en comparaison de ce qu'elle étoit il y a deux mille ans ? Rome, il est vrai, avoit alors plus de Citoyens qu'aujourd'hui : j'avoue qu'Alexandrie & Cartage étoient de grandes Villes ; mais Paris, Londres, Constantinople, le Grand Caire, Amsterdam, Hambourg, n'existoient pas. Il y avoit trois cens Nations dans les Gaules ; mais ces trois cens Nations ne valoient la nôtre, ni en nombre d'hommes, ni en industrie. L'Allemagne étoit une Forêt ; elle est couverte de cent Villes opulentes.

Il semble que l'esprit de critique, lassé de ne persécuter que des Particuliers, ait pris pour objet l'Univers. On crie toujours que ce monde dégénere, & on veut encore qu'il se dépeuple. Quoi donc nous faudra-t'il regretter les tems où il n'y avoit pas de grand chemin de Bordeaux à Orleans, & où Paris étoit une petite Ville dans laquelle on s'égorgeoit? On a beau dire, l'Europe a plus d'hommes qu'alors, & les hommes valent mieux. On pourra sçavoir dans quelques années, combien l'Europe est en effet peuplée; car dans presque toutes les grandes Villes, on rend public le nombre des naissances, au bout de l'année; & sur la régle exacte & sûre, que vient de donner un Hollandais, aussi habile qu'infatigable, on sçait le nombre des Habitans, par celui des naissances. Voilà déja un des objets de la curiosité de quiconque veut lire l'Histoire en Citoyen & en Philosophe. Il sera bien loin de s'en tenir à cette connoissance: il recherchera quel a été le vice radical & la vertu dominante d'une Nation; pourquoi elle a été puissante ou foible sur la mer; comment & jusqu'à quel point elle s'est enrichie depuis un siécle: les registres des exportations peuvent l'apprendre: il voudra sçavoir comment les Arts, les Manufactures se sont établies; il suivra leur passage & leur retour d'un Pays dans un autre. Les changemens dans les mœurs & dans les Loix, seront enfin son grand objet. On sçauroit ainsi l'Histoire des hommes, au lieu de sçavoir une foible partie de l'Histoire des Rois & des Cours.

En vain je lis les annales de France ; nos Historiens se taisent tous sur ces détails.

Aucun n'a eu pour devise : *Homo sum humani nil à me alienum puto.* Il faudroit donc, me semble, incorporer avec art ces connoissances utiles dans le tissu des événemens.

Je crois que c'est la seule maniere d'écrire l'Histoire moderne, en vrai politique & en vrai Philosophe. Traiter l'Histoire ancienne, c'est compiler quelques vérités avec mille mensonges. Cette Histoire n'est, peut-être, utile que de la même maniere dont l'est la Fable, par de grands événemens qui font le sujet perpétuel de nos Tableaux, de nos Poëmes, de nos conversations, & dont on tire des traits de morale. Il faut sçavoir les exploits d'Alexandre, comme on sçait les travaux d'Hercule.

Enfin, cette Histoire ancienne me semble, à l'égard de la moderne, ce que sont les vieilles Médailles, en comparaison des Monnoyes courantes : les premieres restent dans les Cabinets ; les secondes circulent dans l'Univers, pour le commerce des hommes.

FIN.

www.ingramcontent.com/pod-product-compliance
Ingram Content Group UK Ltd.
Pitfield, Milton Keynes, MK11 3LW, UK
UKHW020244220726
13923UKWH00002B/814